Gisela Stupíen

Drei Etappen

Ich betrachte mein Leben bis zum heutigen Zeitpunkt in drei Etappen:

- Vor dem Mauerbau
- Nach dem Mauerbau
- Nach dem Fall der Mauer

ISBN 9783754397497

3. Aufl. Berlin, 2021

Titelfoto: Manfred Antranias Zimmer Pixabay

Herstellung und Verlag: BoD – Books on Demand, Norderstedt

Teil 1

Mein Name ist Gisela Stupíen, und ich wurde im März 1949 in der elterlichen Wohnung in der Ackerstr.11 im Berliner Stadtbezirk Mitte als dritte Tochter meiner Eltern geboren. Meine Geschwister waren Halbschwestern. Bevor ich geboren wurde, hat meine vier Jahre ältere Schwester Karin täglich auf der Fensterbank Salz gestreut. Sie und meine Mutter wünschten sich einen Jungen. Mein Vater hat in der Nachbarschaft immer wieder mit einem Augenzwinkern erzählt, er sei nicht der Vater des ungeborenen Kindes.

Er schob später stolz den Kinderwagen, und die Nachbarn schauten mich an und schauten in das Gesicht meines Vaters. Sehr viele meinten dann, „also Georg (mein Vater), die Kleine sieht dir so was von ähnlich, das kannst du nicht verleugnen."

1949-1950 Mein Papa und ich, vor dem Cantianstadion
in Berlin –Prenzlauer Berg

Als ich ein Jahr alt war, trennten sich meine Eltern. Mein Vater zog in einen Kleingarten im Grunewald, im Westteil der Stadt, in eine Laube.

Ich blieb bei meiner Mutter in unserer Wohnung im Ostteil der Stadt. Im Zuge der Scheidung wurde das Sorgerecht meiner Mutter zugesprochen, aber mein Vater durfte sich jeden Sonntag um mich kümmern, dieses Recht nahm er bis zum Mauerbau wahr. Ich musste ganz schnell laufen lernen und selbständig essen, mich aber auch bemerkbar machen, wenn ich mal zur Toilette wollte. Schon nach gut 1,5 Jahren konnte ich all diese Voraussetzungen erfüllen, um in den Kirchlichen Kindergarten von Berlin-Mitte aufgenommen zu werden. Meine Mutter arbeitet in den 1,5 Jahren zu Hause, indem sie Baumwoll-Oberhemden für eine Wäscherei bügelte.

Nach einer Woche fragte meine Mutter eine Erzieherin, warum ich sofort zum Wasserlassen am Straßenrand wollte. Damals nach dem II Weltkrieg war es für Kleinkinder üblich, mitten in Berlin am Straßenrand ihre Notdurft zu verrichten.

Die Erzieherin fand es auch merkwürdig, dass ich nie das Töpfchen benutzen wollte, auch wenn alle anderen Kinder das taten. Meine Mutter meinte zur Erzieherin; setzen sie meine Tochter einfach auf ein Töpfchen und, siehe da, ich habe doch noch gelernt in fremder Umgebung meine Notdurft zu verrichten. Doch von dieser Zeit an gab mir meine Mutter den Kosenamen „Pusche" und erst viel später, und das nach Jahren, „Kleene".

Meine Mutter erzählte mir von einem weiteren Erlebnis aus der Zeit, als ich drei Jahre alt war. Meine ältere Schwester Karin ging in die erste Klasse und hatte die Hausaufgabe, mehr Lesen zu üben. Nun saßen wir drei am Küchentisch, weil die Küche der Raum war, den man beheizen konnte. Unsere Mutter überwachte die Leseübungen und war nach einiger Zeit wohl etwas ungeduldig. Immer wieder sprach sie meiner Schwester Karin die Worte „ ... Mama, Oma" usw. vor. Karin wollte oder konnte sich die Worte im Buch nicht merken und machte immer wieder Fehler. Ich saß ganz brav und aufmerksam in meinem Hochstuhl, den man verstellen konnte, als Sitz oder Spieltisch. Genervt gab meine Mutter mir die Fibel und sagte: „Gisela lies' du das mal vor." Ich mit meinen drei Jahren leierte die Worte runter. Karin bekam einen Tobsuchts- und meine Mutter einen Lachanfall.

Gisela mit dunklen Haaren, drei Jahre alt, mit Schwester Karin,
sie legt den Arm um meine Schulter.

Als ich noch klein war, kam mein Vater mich regelmäßig besuchen. Als ich etwa zehn Jahre alt geworden war, nahm ich selbst die S-Bahn und fuhr zu ihm in seine Gartenwohnung. Dort lebte er mit seiner neuen Lebensgefährtin, deren Essen ich so gerne mochte. Seine Lebensgefährtin empfand ich als eine liebenswerte Frau. Ich sprach sie mit Tante Frieda an und in ihrer Nähe fühlt ich mich sehr wohl. Wenn sich mein Papa rasierte, schaute ich gern zu, und immer öfter nahm er von seiner Wange ein wenig Schaum und stupste es mir auf die Nasenspitze. Ich genoss die Geborgenheit bei meinem Vater, dort fühlte ich mich wohl, dort gab es für mich zu Festtagen Schokolade. Diese im Ostteil unerschwingliche Leckerei habe ich nach der Rückkehr zu meiner Mutter mit meinen Schwestern geteilt, das war für mich eine Selbstverständlichkeit.

Vor der Laube meines Papas. Der Schirm war ein Geburtstagsgeschenk für mich.

Seit dieser Zeit lag meine Mutter immer öfter, und das auch am Tag, im Bett. Sie vernachlässigte sich selbst sowie den Haushalt und kümmerte sich auch nicht um meine Probleme. Zu Elternversammlungen erschien sie nicht. Brachte ich von der Schule eine schlechte Note nach Hause, und das Zeugnis war nicht gut, tröstete mich mein Papa. Einmal vor Tanten und Cousinen sagte er, das kann nicht sein. Guckt Euch Giselas hohe Stirn an, da steckt noch viel Wissen drin. Alle am Kaffeetisch stimmten meinem Papa zu. Er hat mich aus einer peinlichen Situation gerettet. Meine Halbschwestern hatten immer gute Noten, und mir wurden diese von meiner Mutter als Vorbild vorgesetzt. Später war ich die einzige von dreien, die eine berufliche Karriere und das mit Erfolg vorweisen konnte. Damals, zu dieser Zeit nach dem II. Weltkrieg bestand meine Garderobe aus zwei Winter-Pullovern. Für den Sommer gab es auch nur zwei Teile zum Wechseln. Das Gleiche galt für Unterwäsche und

Strümpfe. Schuhe wurden nach Bedarf gekauft. Ich hatte für den Sommer ein Paar Sandalen. Um diese zu schonen, lief ich nach der Schule oft ohne Schuhe auf der Straße. Das war damals überall in Berlin möglich. Da keine Autos auf den Straßen fuhren, spielten wir oft mitten auf der Fahrbahn. Wir mussten allerdings aufpassen, nicht auf einer geteerten Straße zu spielen (barfuß), weil die Sonne den Teer weich machte. So sah dann die Fußsohle pechschwarz vom Teer aus. Das Reinigen der Fußsohle wurde mühselig mit Kernseife und einer Waschbürste getätigt.

Ein Kleidungsstück wurde die ganze Woche getragen. Eines Tages fing ich an, meine Sachen selbst zu waschen. Nicht nur meine Sachen habe ich gewaschen, auch die meiner Mutter. Das damalige Waschen der Kleidungsstücke muss man sich folgendermaßen vorstellen: Zuerst wurde das Kleidungsstück in einer Schüssel mit warmen Seifenwasser gerubbelt. Das Ausspülen erfolgte dann mit kaltem Wasser, wieder in einer Schüssel. Das Trocknen der nassen Wäsche erfolgte auf dem Dachboden des Hauses. Dort befand sich auch ein Raum, in dem ein Waschkessel aus Ziegelsteinen stand, der beheizbar war. So konnte man mit einem Schlag große Wäschestücke (Bettwäsche) auf 90 Grad bringen. Dies erfolgte der Reihe nach in einem Mietshaus, in dem es an die 30-40 Wohnungen gab. Der Schlüssel zum Waschraum wurde nach Bedarf von Wohnung zu Wohnung weitergereicht.

Meine älteste Schwester Erika, sie war 6 Jahre älter als ich, wohnte immer bei meiner Oma mütterlicherseits. Unter Ihrer Anleitung half ich beim Reinigen der Wohnung meiner Oma. Das so erzielte Wissen wandte ich in der Wohnung meiner Mutter an: Fenster putzen, Türen abseifen, Messingklingen putzen usw. Aber auch; Bettwäsche abziehen, Betten neu beziehen, Fußboden reinigen, auf dem Innenhof an einer Klopfstange Teppiche ausklopfen. Staubsauger oder Waschmaschinen gab es noch nicht.

Zusammen mit meiner Schwester Karin, sie war 4 Jahre älter als ich, übernahm ich seit meinem 10./11. Lebensjahr gänzlich die Reinigung der mütterlichen Wohnung Meine Mutter saß nun noch öfter mit einer Tasse Bohnenkaffee und mit qualmender Zigarette am Tisch. Das tägliche Geschirr wurde von ihr in einer Schüssel mit heißem Wasser eingeweicht. War das Wasser nach dreißig Minuten kalt, nahm sie aus einem kochenden Kessel neues Wasser. Das wiederholte sich oft drei Mal, inzwischen rauchte sie eine nach der anderen. Am Tag waren es 40 Zigaretten.

Bohnenkaffee und Zigaretten waren zur damaligen Zeit teuer, und sie, als allein erziehende Mutter mit drei Kindern, hat sich diesen Luxus immer wieder gegönnt. Sie erhielt Wochenlohn, und zwei Tage vor dem Auszahlen hatte sie keinen Groschen mehr, und wir hungerten oft. Um den Hunger zu überlisten, erhitzte ich oft Zucker in einer Bratpfanne für Bonbons.

Dass wir die Pflichten einer Hausfrau übernahmen, war für meine Mutter angenehm, aber an ein Lob an uns kann ich mich nicht erinnern. Mit diesen zusätzlichen Aufgabe, die ich als Kind wahrzunehmen hatte, wurden meine Leistungen in der Schule immer schlechter.

Ende der 50er Jahre unterschieden sich die Hälften von Berlin schon im Blick eines Kindes. Der Westen war bunt, die Lichter leuchteten heller, die Menschen waren in neuere, farbenfrohe Garderobe gekleidet, die Frauen rochen nach Parfüm, der Osten war grau, dunkel und die Kleidung altmodisch. Ich freute mich auf jeden Sonntag mit meinem Vater. Am Konfirmationstag meiner Schwester hatte ich die Wahl, Familienfeier oder Besuch im Grunewald, ich nahm die S-Bahn.

Der 13. August des Jahres 1961 war ein Sonntag. Schon in der Nacht begann die Abriegelung der Grenzübergänge. Wir hörten in der mütterlichen Wohnung beim Frühstück die Nachrichten des Senders

RIAS, es gab Streuselkuchen. Als wir hörten, wie der Sprecher erklärte, Soldaten riegelten die Übergänge ab und Bauarbeiter hätten begonnen, die Sektorengrenze mit Zäunen aus Stacheldraht abzusperren, schauten wir uns entgeistert an, und ich verschluckte mich an meinem Kuchen. Das weiß ich heute noch wie damals, es war ein Tag herrlichsten Sonnenscheins mit strahlend blauem Himmel. Meine Schwester Karin kommentierte: „Dann kannst Du gar nicht mehr zu Deinem Vater!"

Es dauerte einige Augenblicke, bis ich – als 12jährige -die Tragweite dieser Worte erfasst hatte. Über eine Stunde saßen wir beisammen und versuchten uns vorzustellen, wie die Grenzabsperrungen letztendlich aussehen würden. Meine Mutter gehörte erst seit ein paar Wochen zu den Grenzgängern, sie verdiente sich auf einer zweiten Arbeitsstelle im Westen der Stadt ein paar Mark hinzu, tauschte diese in einer Wechselstube in Ostmark, mit diesem Geld wurde im Osten eingekauft. Die Wechselstuben in Westberlin tauschten eine Westmark gegen in etwa zehn Ostmark. Ohne dieses zusätzliche Geld hätte der Ostberliner von seinem Ostlohn ansonsten bloß Miete und Grundnahrungsmittel bezahlen können.

In der heißen Sommerwoche gleich nach dem Mauerbau wurden in Ostberlin die Herde und Öfen in Gang gesetzt. Westliteratur verbrannte, die Menschen hatten Angst vor möglichen Hauskontrollen. Auch meine Mutter ließ ihre Groschenromane in Flammen aufgehen. Und mir war der Weg zu meinem Vater und seiner Familie versperrt.

Meine Schule befand sich in unmittelbarer Mauernähe. Vor dem Mauerbau verbrachten wir Kinder unsere Freistunden im Westen, an der Station Gesundbrunnen oder im Park Humboldthain. Nun hörten wir im Klassenzimmer durch die offenen Fenster die Geräusche der Grenze, rollende Panzer, Kommandorufe, und ständig fuhren Lastkraftwagen mit Soldaten vorbei. Die Stimmung war gedrückt, wochenlang konnte sich niemand richtig auf die Schule konzentrieren, hatten doch fast alle Elternteile, Großeltern, Tanten oder Onkel in Westberlin. Die verbliebenen Lehrer, die sich nicht noch schnell in den Westen abgesetzt hatten, änderten ihren Unterrichtsstil. Waren sie vor dem Mauerbau um Neutralität bemüht, verkündeten sie nun den Sieg des Sozialismus. Auf dem Pausenhof gab es nur ein Thema. Telefon war damals noch nicht verbreitet, der Kontakt wurde auf dem Postweg getätigt. Es dauerte allerdings in der Regel Tage, bis ein Brief oder ein Paket die Grenze passiert hatte. Bald kam unter der Schülerschaft Neid und Missgunst auf. Diejenigen, deren Verwandte im Westen wohlhabender waren, konnten angeben, denn bei ihnen gab es Schokolade, Kaffee, Petticoats und Nylonstrümpfe.

Als wir endlich auch einmal ein Paket bekamen, begleitete ich meine Mutter zur Poststelle. Der Geruch dort war umwerfend, ich wollte gar nicht weg. Aus Hunderten von Postsendungen aus dem Westen strömten Hunderte von Düften. Es roch nach Bananen, Kaffee, Orangen, Schokolade, Rosinen, Vanille, Tabakwaren ... Damals gab es noch keine Vakuumverpackungen, kein Stanniol, jedes Paket zeigte seinen Inhalt am Geruch – einen Teil jedenfalls, ein Brief war ja auch immer darin. Draußen vor dem Postamt jedoch gab es wieder nur den sozialistischen Einheitsmief.

Noch heute kennen die älteren Ostberliner den Ausdruck: „Schatz, ich reiße Dich auf wie ein Westpaket!" Niemand, der sein Paket nach Hause gebracht hatte, zeigte beim Auspacken Geduld, jeder vibrierte vor Spannung, was denn noch alles außer dem Gerochenen drin war. Die Dankbarkeit über diese Hilfe der Verwandten verband die Familien über die Grenze und über Jahre hinweg. Auch die Westberliner lebten nicht im Überfluss, aber sie teilten das, was sie sich leisten konnten.

Die Verbundenheit der Familien ging im getrennten Berlin fremdartige Wege. Nach dem Bau der Mauer gab es keine Möglichkeit zu persönlichem Kontakt. In Westberlin schuf man Abhilfe, es wurden direkt an der Mauer Hochstände gebaut, so dass die Westberliner über die Grenzwehr hinweg mit ihren im Osten wohnenden Angehörigen reden konnten. Zu diesen Treffen verabredete man sich mit entsprechendem Vorlauf brieflich, die Post brauchte in der getrennten Stadt bis zu zehn Tage, um über die Grenze zu kommen. Mein Vater benutzte diese Möglichkeit nie, ich weiß nicht, ob er es mir nicht antun wollte, auf diese Art unsere Trennung zu erleben, vielleicht hätte er es selber auch nicht verkraftet. Mein Vater schrieb mir in einem seiner Briefe die Worte, er hat eine Tochter und hätte doch keine. Seine letzten Briefe habe ich aufgehoben und ab und zu lese ich sie, zum wiederholten Mal.

In der Schule begannen für mich große Schwierigkeiten. In der Schule konnte ich mich nicht konzentrieren und habe in der Zukunft des Öfteren die Schule geschwänzt. Ich lebte allein mit meiner Mutter, meine älteren Geschwister waren ausgezogen. Meine Mutter hatte keine Zeit, sich mit mir zu beschäftigen. Was ich fühlte und wie es mir (aus heutiger Sicht) schlecht ging, interessierte sie nicht. Sie ging auch nicht zum Elternabend. Sie legte sich nach der Arbeit ins Bett und blieb dort bis zum nächsten Tag. Es verging kein Tag, an dem sie nicht in letzter Sekunde aufstand. Oft bin ich erst zur zweiten Stunde zur Schule gegangen und immer öfter gar nicht. Anfangs schrieb sie noch einen Entschuldigungszettel, irgendwann nicht mehr.

Am Morgen gab sie mir dann 50 Pfennig, damit ich mir vom Bäcker etwas kaufen konnte. Eine Schrippe (Brötchen) kostete damals 5 Pfennig. Ich hatte die Wahl: 10 Schrippen oder ein Stück Kuchen. Ich nahm Kuchen, weil es für die Schrippen zu Hause keinen Belag gab.

Irgendwann klingelte ich vor dem Schulantritt bei einer Klassenkameradin, um sie zur Schule abzuholen. Meine Augen weiteten sich, als ich bei ihr den liebevollen Frühstücktisch sah. Es war ein kleiner runder Korbtisch, und rechts und links standen zwei Korbstühle. Ich durfte mich auf einen der Stühle setzen. Ich saß gern auf diesem knarrenden Stuhl, eigentlich war er eher ein Sessel. Der Tisch wurde von der Mutter nur für die Klassenkameradin liebevoll gedeckt. Ich entdeckte Brötchen, Marmelade, Käse und auch Wurst zur Auswahl. Oft wurde mir schon allein vor Hunger bei diesem Anblick schlecht. Einmal oder zweimal durfte ich zulangen, doch im Laufe der Zeit wurde ich immer seltener in das Wohnzimmer gebeten.

Auf mein Klingeln hin an der Wohnungstür kam die Schulkameradin und sagte, ich solle dort warten. Ohne Worte verstand ich, was dieses Verhalten mir gegenüber zu bedeuten hatte. Ich mochte sie, doch ich merkte, dass sie sich meiner frühen Freundschaft entzog. Ich nehme an, mein ärmliches Zuhause hat sie abgeschreckt.

Es kam der 04. Mai 1962. Ich war zum Müggelsee gegangen, um dort zu baden. Tage später bekam ich hohes Fieber und meine Mutter ging nach ihrer Arbeit mit mir zum Arzt. Zu dieser Zeit hatte ich panische Angst vor einer Spritze. Als wir im Wartezimmer saßen, fiel ich vor Angst bei dem Gedanken, eine Spritze zu bekommen, in Ohnmacht. Ich wurde ins Behandlungszimmer getragen, und mein Blick fiel sofort auf die Hand vom Arzt. Er hatte eine Spritze in der Hand, und mir wurde der Po zum Spritzen frei gemacht. Meine Angst vor Spritzen war und ist bis zur jetzigen Zeit verschwunden. Er schnitt in die vereiterten Mandeln, ich spürte Atem Erleichterung und wurde nach Hause entlassen.

Das Fieber, die geschwollenen Mandeln, später auch die Gelenke, wurden von Nachbarn begutachtet und man empfahl meiner Mutter, die Gelenke zu kühlen. Die Hand und beide Knie waren doppelt so dick wie normal, und ich musste das Bett hüten. Ich konnte eines Morgens nicht mehr sprechen und schlucken und auch das Atmen fiel mir schwer.

Meine Schwester Karin ging zur Telefonzelle, um den Notarzt zu rufen. Er veranlasste sofort eine Krankenhauseinweisung, und ein

Krankenwagen holte mich ab. Im Krankenhaus packte man meine-Hände und Knie in Watte, tatsächlich in Watte. Das hielt mich warm, die Schmerzen waren langsam nicht mehr auszuhalten. Selbst die Bewegung eines Fingers war die reinste Qual. Schon bald konnte ich nicht mehr laufen, und alle Gelenke taten mir unsagbar weh. Einmal trug mich eine Krankenschwester huckepack zum Röntgen. Das war mir sehr peinlich. Doch ich hatte Gelenkrheuma und konnte keinen Schritt laufen und nichts mehr mit den Händen greifen. Ich bekam stündlich, rund um die Uhr, Penicillin. Mein Vater schickte über den Postweg eine große Flasche, ein Vitaminaufbaupräparat.

Für mich war nach diesem wochenlangen Krankenhaus-aufenthalt das Schuljahr beendet. Ich blieb sitzen!

In den kommenden Jahren, ich hatte noch drei Schuljahre vor mir, blieb ich weiter sitzen. Ich kam mit der Schule überhaupt nicht mehr zurecht und fühlte mich schrecklich unwohl.

In meiner gesamten Schulzeit musste ich dreimal die Schule wechseln, weil meine Mutter immer wieder den Wohnort wechselte. Ich fühlte mich von Jahr zu Jahr mehr allein gelassen, konnte kein Verständnis, Liebe oder Fürsorge finden, war eingesperrt in einem Land, das ich eigentlich ablehnte. Ich lebte von einem Tag zum nächsten und schwänzte immer mehr die Schule. Zu meiner Mutter war ich aufmüpfig und lehnte sie immer mehr ab. Ich wollte nicht bei ihr leben, ich wollte raus, aber wohin?

Ich saß in der Falle! Meine Mutter wandte sich an die Jugendhilfe. Die Jugendhilfe in Ost-Berlin hatte die Aufgabe, die alleinerziehenden Mütter zu unterstützen und zu beraten. Meine Mutter erzählte mir später, dass sie sich dieser Behörde anvertraut hätte, um Hilfe zu bekommen.

Seit ich nur noch brieflichen Kontakt zu meinem Vater nach Westberlin hatte, ging es mir sehr schlecht. Heute würde ich als Kind in eine Therapie kommen, doch damals gab es so etwas nicht. Es gab nur die Jugendhilfe, die den alleinerziehenden Müttern/Vätern ihre Art der Hilfe anbot. Meine Mutter war in einer Zwangslage und völlig überfordert mit meiner Erziehung; und sie glaubte dem Versprechen der Jugendhilfe. Als sich meine Mutter bei der Jugendhilfe vorstellte, hatte sie sicher eine andere Vorstellung von Hilfe. Sie dachte wohl, mir würde der Kopf gehörig gewaschen, aber dem war nicht so. Später, nach vielen Monaten kam der Stein von Seiten der Jugendhilfe ins Rollen, und es spielte sich folgendermaßen ab:

Eines Tages bekam meine Mutter ein Schreiben zugestellt, in dem sie aufgefordert wurde, zu einer Beratung mit mir vorstellig zu werden. Wir wurden in eine Schule in Berlin-Treptow bestellt. Auf dem Weg dorthin betrachtete ich die Natur von der S-Bahn aus. Es war Frühling, die Sonne schien, die Bäume trugen ein zartes Grün, und den blauen Himmel fand ich schön. Es war an diesem Tag so warm, dass wir ohne Jacke gehen konnten. In einem Versammlungsraum saßen wir mindestens sechs Personen von der Jugendhilfe gegenüber. Ich weiß noch, dass meine Mutter über mich nur Gutes berichtete. Sie erzählte, dass ich jetzt Arbeit hätte, obwohl ich keinen Schulabschluss besaß. Ich war ohne Schulabschluss und aus der fünften Klasse aus der Schule entlassen worden. Ich war zu diesem Zeitpunkt 14 Jahre alt. Damals gab es niemand, der mir den Weg gezeigt und mich dabei unterstützt hätte, die versäumten Klassenstufen nachzuholen. Doch hätte ich das überhaupt gewollt?

Oft war ich sehr traurig und wollte einfach nicht mehr leben. Mir fehlten mein Vater und seine Familie und ihre Fürsorge. Für was sollte ich leben. Ich sah keinen Grund dazu und flüchtete mich immer mehr in meine Bücher. Ohne ein Buch in der Hand gab es mich damals nicht. Selbst bei Fahrten im Nahverkehr mit einer Fahrzeit von zehn Minuten holte ich mir das Buch aus der Tasche.

Zu diesem Zeitraum 1963/64 habe ich dann versucht, mir das Leben zu nehmen. Weitere Versuche folgten später. mit einer Rasierklinge am linken Unterarm, im Bereich der Pulsader, habe ich mich tief und bewusst geschnitten. Als ich dann tagelang einen Verband trug, erzählte ich allen auf ihre Nachfrage hin, ich hätte eine Sehnenscheidenentzündung. Meine Narbe hat erst Jahre später ein Arzt zu Gesicht bekommen.

Zurück zum Treffen mit der Jugendhilfekommission: Meine Mutter erzählte unter anderem, dass ich viel lese. Daraufhin wurde ich gefragt, was ich lese. Vor Schreck fiel mir nichts, aber auch gar nichts ein. Dabei hätte ich doch erzählen können, dass ich Fallada, Tolstoi, Fontane und Balzac mag. Doch meine Kehle war wie zugeschnürt.

Dann mussten wir beide vor die Tür. Draußen sagte ich zu meiner Mutter: „Die weisen mich in ein Heim ein." Meine Mutter sagte, das glaube sie nicht.

Ich sollte Recht behalten. Es wurde noch am selben Frühlingstag eine Heimeinweisung ausgesprochen. Ich hatte nur noch den Drang raus hier, weg hier. Als ich das Zimmer verließ, war es schlagartig duster um mich, und ein Nebel umhüllte mich. Monate später, wir hatten schon alles vergessen und fühlten uns sicher, dass der Heimantrag unter den Tisch gefallen war, erfolgte der Zugriff, und es ging alles sehr schnell.

Ich arbeitete damals in einem Lebensmittelgeschäft. Die Kollegen waren nett zu mir, und ich ging regelmäßig meiner Arbeit nach. Als Verkäuferin verdiente ich nicht viel, aber mir reichte das Geld. Im Spätsommer Aug./Sept. kurz vor der Ladenschließzeit kam ein älterer Herr mit einem dunklen schwarzen langen Mantel. Er wollte die Chefin sprechen. Später wurde ich dazu gerufen, und als ich aus dem Fenster sah, war es draußen stockdunkel, und das im Sommer, auch das Zimmer erschien mir sehr dunkel. Mir wurde gesagt, dass ich noch heute ins Durchgangslager Alt-Stralau komme.

Jahre später erzählte mir meine Mutter, dass damals Jugendhelfer zu ihrer Arbeitsstelle gekommen seien und ihr ein Schriftstück vorgelegt hätten, in dem stand, dass sie mit einer Heimeinweisung einverstanden sei. Meine Mutter hätte zwar unterschrieben, aber nur mit dem Zusatz: „Nicht freiwillig".

Und der rollende Stein der Jugendhilfe war nicht mehr aufzuhalten.

Teil 2

Gedenktafel und das Durchgangsheim Alt-Stralau

Im Durchgangslager Alt-Stralau angekommen wurde ich kurz aufgenommen, und man zeigte mir, wo ich schlafen könnte. Da ich
gleich von der Arbeit aus ins Durchgangslager eingewiesen wurde,
hatte ich keine Wäsche dabei, und wie ich Wäsche erhalten habe, ist
mir nicht in Erinnerung. Zwei-drei Wochen war ich in Berlin-
Treptow im Durchgangsheim Alt- Stralau und zu diesem Zeitpunkt,
1965, war ich 14/15 Jahre alt. Ich erhielt keinen Ausgang, keinen Besuch und keinen Brief. Wie ich die Zeit dort erlebte und überlebte, ist
in meinem Gedächtnis wie ausgelöscht. Ich kann mich nur an einen
Raum erinnern mit ein paar Holztischen und einigen Holzstühlen.
Bilder an den Wänden, Bücher oder Spielsachen sind mir nicht in
Erinnerung.

Dort saßen wir zusammen und sangen die Schlager, die wir aus dem
Radio kannten.

Auf dem Dach konnten wir uns an der frischen Luft bewegen. Dieses
Dachgelände war mit einem zwei Meter hohen Maschendrahtzaun
umzäunt. Das Haus gegenüber war mächtig, und es wurde mir zuge-
flüstert, dort sei ein Gefängnis. Ob das der Tatsache entsprach, be-
zweifle ich bis heute.

Eines Tages, im September 1965, wurde ich mit dem Zug und einer Begleitung vom Jugendamt nach Burg bei Magdeburg zum Jugendwerkhof " (JWH) August-Bebel" gebracht. Als wir mit dem Zug am Heim vorbeifuhren, machte mich die Begleitung darauf aufmerksam: Dort, wo die Häuser stehen, müssen wir hin. Von weitem sah der JWH friedlich und verträumt aus, so eingebettet in der Natur, mit Bäumen und Feldern. Der Sportplatz, groß und mächtig, lag vor einem kleinen Haus. Von den anderen Häusern war nur teilweise das Dach zu sehen.

Später, von meinem Zimmer aus, sah ich die D-Züge von und nach Berlin fahren, gezogen von einer Dampflok. Ab und zu hörte ich die Lok pfeifen, und es klang in meinen Ohren oft so, als ob sie mich riefen oder grüßten.

2018 ist das Bild entstanden mit Blick aus meinem ehemaligen Zimmer. Die Bäume gab es 1964/65 nicht. Hinter dem kleinen Gebäude waren der Sportplatz und die Felder zu sehen.

Es gab Felder zu sehen - überwiegend Kornfelder. Herrlich, einfach herrlich war es zu beobachten, wie der Wind mit den Halmen sein Spiel trieb. Das Kornfeld beugte sich im Wind und ich, die Betrachterin, dachte, es tanzte oder doch eher spielte nach dem Takt des Windes? Auch stellte ich mir vor, so sieht das Meer aus, wenn die Wellen toben. Bis dahin hatte ich nie das Meer gesehen, und ich hatte nur diese Vorstellung. Schien die Sonne auf das Feld, so hatte ich viel Freude an diesem schönen Gelb des Kornfelds. Jahre später zog mich das Bild von van Gogh magisch an. Ich weiß noch heute, nach so vielen Jahren, dass ich oft am Fenster stand und summte: „Ich schau den weißen Wolken nach und fange an zu träumen." Ein Lied aus den 60er Jahren ...

Nun ja, ich musste dort bleiben und ich wusste, die 18 Monate würde ich auch überstehen. Vor allem dachte ich: „Die können mich mal, ich weiß, wer ich bin und was ich kann." In mir keimte die Stimmung auf, die Welt zu verbessern und mit dem Heim wollte ich mal gleich anfangen. „Ha", dachte ich, „wer bin ich denn!?"

Angelegt war das Heim wie ein Dorf, und in der Mitte befand sich ein Fahnenappellplatz.

Bevor jemand am Pförtner vorbei ging, passierte er ein rechts gelegenes Schwimmbad. Hinter dem Pförtner – auf der rechten Seite – war ein ziemlich großes Gebäude mit der Verwaltung und dem Speisesaal.

Um den Fahnenplatz standen die kleinen Häuser. Der Baustil der Häuser erinnerte mich an eine Villa. Keines der Häuser war mehr als zwei Stockwerke hoch. Von diesen Häusern gab es acht Stück. Die Jungs und Mädchen waren getrennt in den einzelnen Häusern untergebracht. Es gab kein Haus, in welchem Jungs und Mädchen zusammen wohnten. Auf dem Gelände befanden sich unter anderem eine Gärtnerei, ein Sportplatz, die Schule, das schon erwähnte Schwimmbad, die Krankenstation und ein Kino. Dieses Kino wurde auch als Aula genutzt.

Links vom Turm die Turnhalle und rechts Kino/Aula

Die gesamte Anlage war mit einer Steinmauer umgeben, die zu überwinden kein Hindernis war - sie war nicht einmal mannshoch. Viele Heimkinder sind abgehauen und waren doch schon nach ein paar Wochen wieder da. Oft wurden sie in der anliegenden Kaserne aufgegriffen. Heute ist mir klar: sie suchten Nähe und Anerkennung. Nach der Ankunft kamen einige Mädels/Jungs sofort in die Arrest-Zellen, von denen sich auch in unserem Haus eine befand. Diese Zellen waren mit einem Bett, einem Tisch und einem Schemel ausgestattet. Die Zellen hatten vergitterte Fenster. Jede Zelle hatte ungefähr die Maße: 2 m lang und 1,5 m breit.

Arrestzelle im „Anne Frank"-Haus

Mich schauderte es immer wieder, wenn ich in die Zelle schaute. Öfters stand die Tür offen, ohne einen Jugendlichen, und ich sah das
vergitterte kleine Fenster. Die Zelle hatte eine Eisentür - diese wurde
verriegelt am Tag und zur Nacht. Nur zum Essen und zur Notdurft
wurde sie geöffnet. Wie das genau funktionierte, wann sich die In-
sassen erleichtern durften, weiß ich nicht, denn am Tage habe ich an
die sechs Stunden in einer Nähstube auf dem Gelände gearbeitet.

Die Nähstube auf dem Gelände vom Heim

In der Gruppe wurde alles gemeinsam erledigt: das Aufstehen, die
Einnahme des Frühstücks oder der anderen Mahlzeiten in einem Ext-
ra-Haus – Speisesaal -. Auf gute Tischmanieren wurde von den jeweiligen Erziehern sehr geachtet. Das Aufstützen des Kopfes während
des Essens wurde mit einem starken Aufstoßen des Ellenbogens be-
straft. Die linke Hand musste immer am Tellerrand liegen, der Kopf
erhoben, und die rechte Hand durfte Speisen zum Mund führen. Zu
den Mittagszeiten mit Messer und Gabeln durfte die linke Hand helfen.

Speisesaal, dieser wurde nur zum Essen benutzt. Ich saß am zweiten Fenster.

Der Weg zur Schule, das Mittagessen und die Anfertigung der Haus-
aufgaben; die Freizeitbeschäftigung im Gruppenbereich erfolgte
ebenso gemeinsam wie das Schauen der Aktuellen-Kamera-
Nachrichten mit anschließenden politischen Diskussionen über
Themen der Zeit und dann das Schlafengehen im Zweier- oder Vie-
rerschlafraum. Zwischendurch gab es noch Schrankkontrollen, dass
auch alles auf den Zentimeter genau lag. Gingen wir zum Speisesaal,
ins Kino oder in die Nähstube, traten wir in Zweierreihe vor dem
Wohnhaus an, und im Gleichschritt ging es dann weiter. Ich war im
„Anne Frank-Haus" untergebracht.

Anne-Frank-Haus, rechts hinter dem Vorbau war mein Zimmer

Im Keller war ein Waschraum. Aus den Wasserhähnen kam nur kal-
tes Wasser. Das war ich gewohnt, und es hat mir nichts ausgemacht.
Es gab keine Heizung in diesem Raum. Ein Fenster war eingeschla-
gen, und es blieb lange so. Im Raum befand sich ein gemauerter
runder Waschkessel, der mit Holz usw. beheizt wurde. Im Waschkessel kochten wir oft unsere Unterwäsche ab. Im Winter durfte das
Wasser erwärmt werden, und mit einer Kelle balancierten wir die
heiße Fracht zum Waschbecken.

Für uns war es eine Freude, sich auch mal mit warmem Wasser ab-
zuseifen. Duschen oder Badewannen, die wir nutzen konnten, gab es
auf dem gesamten Gelände nicht. Dann gab es im Erdgeschoss Toi-

letten. Die männlichen Erzieher durften überall hin, aber nicht in den Wasch- oder Toilettenraum. Hier standen zwei Kloschüsseln getrennt von einer Holzwand nebeneinander. Ein kleines, vergittertes Fenster entlüftete diesen Raum.

Im Erdgeschoss befand sich ein großer Fernsehraum, der aber am Tage verschlossen blieb.

Das erste Stockwerk war über eine Treppe und eine verschließbare Holztür, die mit Glasscheiben verkleidet war, zu erreichen. Zur Nacht war diese Tür abgeschlossen. Ein Hindernis war diese Tür nicht, eher ein Symbol für eine Einsperrung. Wer abhauen wollte, hatte sich jedoch anderweitig verdünnisiert.

Die Zimmer waren spärlich ausgestattet. Ich habe mein Zimmer, in dem ich untergebracht wurde, als sehr hoch und klein in Erinnerung. Es standen zwei Doppelstockbetten darin und in der Mitte, bedingt durch die Fenster, ein normales Bett. Mein Bett stand links an der Wand, und ich schlief oben. Bevor ich einschlief, so hatte ich es auch immer zuhause in Berlin getan, sang ich ein bis zwei Lieder, die ich aus dem Radio kannte. Die Volkslieder, die ich in der Schule lernte, sang ich auch gern. Später lernte ich im Heim das folgende Lied, dessen Text mir nur noch spärlich in Erinnerung geblieben ist: „Wir saßen so fröhlich beisammen und hatten einander so lieb. Wir teilten die Kippen einander und hatten uns so lieb. Die Knastzeit ist nun bald zu Ende und wir verlassen das Haus ... ...? Mutter und Vater sind gestorben ......?".Das Knastlied ist umgedichtet auf den Heimaufenthalt und die Melodie ist von den „Moorsoldaten". Und es war ein trauriges Lied über eine Knastzeit mit all deren Entbehrungen. Ich glaube, am Ende wird der Knastbruder aufgehängt.

Das Lied „Marmor, Stein und Eisen bricht" hätte ich stundenlang runterträllern können. Oder auch: „Weiße Rosen aus Athen". Herrlich! Musik, Operette, Filmmelodien, aber vor allem Schlager waren damals meine Leidenschaft.

Wenn ich sang, hatte ich immer das Gefühl, ich sei zuhause und liefe durch die Straßen von Berlin, suchte die Sonne auf den Hinterhöfen der Stadt und lauschte dem Vogelzwitschern. Im Heim konnte ich zur Schule gehen, aber auch arbeiten. Ich habe in der Nähstube gearbeitet wie all die anderen Mädels aus meiner Gruppe auch. Wenn ich in der Nähstube beschäftigt war, kam mir oft die Lust zu singen, und ich sang. Die Mädels stimmten immer mit ein, und wenn dann zehn Mädels „Weiße Rosen aus Athen" sangen, so hatte das schon eine gewisse Kraft.

Heute: Altenheim

Die Schule befand sich auf dem Heimgelände. Dort wurde ich in die sechste Klasse gesetzt, doch schon nach wenigen Wochen fand ich mich in der siebten Klasse wieder. Das Lernen machte mir Spaß, und die Aufgaben bewältigte ich spielend. Als meine Zeit im Heim zu Ende war, hatte ich auch die siebte Klasse bestanden - irgendwie von Zauberhand geleitet. Doch mir war das egal, und ein bisschen stolz war ich schon.

In der Nähstube wurden wir nicht von Erziehern betreut sondern von einer Angestellten aus dem "Burger Bekleidungswerk" aus Burg. Sie verriet uns nicht, wenn wir auf der Toilette am offenen Fenster einen Zug aus der Zigarette nahmen.

Nach einigen Wochen teilte mir meine Erzieherin mit, dass sie mit mir nach Berlin zu einer Verhandlung fahren würde. In Berlin hatte

24

meine Mutter mit einem Rechtsanwalt eine Verhandlung betreffs der Heimeinweisung erwirkt. Rechtsanwalt! Ich empfand mich als sehr wichtig und meine Mutter als sehr reich. Wer konnte sich denn einen Rechtsanwalt in den 60er Jahren leisten? Meine Mutter, die drei Kinder allein großzog? Die Zugfahrt war recht angenehm. Die Verhandlung fand im Lehrerhaus am Alexanderplatz statt, und es waren nur noch wenige Wochen bis Weihnachten 1965.

Damals habe ich in der Verhandlung nur geheult, denn keiner verstand meinen Kummer, alle schauten mich komisch an, und ich heulte immer weiter. Als ich mit meiner Mutter vor die Tür musste, steckte sie mir Geld zu und sagte: „Wenn Du die Gelegenheit siehst, hau ab, und wir treffen uns bei Oma." Am damaligen "Ostbahnhof" in Berlin stellte sich meine Erzieherin Zietke am Fahrkartenschalter an, und ich tänzelte zur Eingangstür vom Bahnhof.

Draußen sah ich Taxen stehen und stieg ein. Bei Oma angekommen, saß meine Familie am runden Tisch. Was besprochen wurde und wasgeplant wurde, weiß ich nicht mehr. Kurz vor Weihnachten sagte mir meine Mutter, wir müssten zurück und ich sollte mitkommen." Ich lasse Dich nicht allein fahren, denn ich habe Bedenken, dass die ihr Versprechen nicht einhalten und Dich doch in die Zelle stecken", sagte sie. Im Zug war noch alles sehr lustig und meine Mutter machte mir Mut, die Zeit im JWH zu überstehen. Am Bahnhof Burg gab es 1965 keine Taxen. Taxen waren sowieso viel zu wenig in diesem Bauernstaat. Doch ab Burg vom Bahnhof aus bis zum Heim, gute vier Kilometer zu Fuß, kippte die Stimmung immer mehr.

Im Heim angekommen, hatte ich Angst, dass ich jetzt weitere 12 Monate dazubekäme. Ursprünglich war ich für 18 Monate eingewiesen worden. Aber Dank der Anwesenheit meiner Mutter erhielt ich die Chance, mit guter Führung, was immer das bedeutete, jetzt nach 6 Monaten gehen zu können. Das hieß, ich musste nicht die gesamte Zeit von 18 Monaten im Heim verbringen, vorausgesetzt ich fügte mich und so weiter ... Ich könnte dann mit dieser Gruppe in 6 Monaten den JWH verlassen. Damit hätte ich dann eine Gesamtzeit von nur 12 Monaten abgesessen. In mir keimte der Ehrgeiz auf, und ich sagte mir, euch werde ich es zeigen.

Ich habe es geschafft, meinen Vorsatz wahr werden zu lassen und allen zu zeigen, dass ich auch anders konnte. Ich nahm die Chance an, vorzeitig den JWH zu verlassen.

Im Frühling wurde ich zur Gruppenleiterin gewählt, meine schulischen Leistungen verbesserten sich zusehends, und auch auf der Arbeit in der Nähstube gab es keine Klagen. Immer öfter erhaschte ich ein Lächeln von der Vorarbeiterin, die tagtäglich vom Bekleidungswerk Burg bei Magdeburg im Heim erschien.

Im Sommer fuhren die Mädchengruppen zum Urlaub nach Rügen. Wir zelteten in Wittow in der Nähe von Kap Arkona. Dort angekommen, bedrängten wir die Erzieherin Frau Zietke, uns das Meer - die Ostsee - zu zeigen. Alle aus meiner Gruppe, die diesen Wunsch hegten, durften zu den Klippen. Von oben hatte mich dieser Eindruck fasziniert, und wir bedrängten weiter die Erzieherin mit dem Wunsch, dort zur Nachtzeit nackt zu baden. Zwei Tage später ging die gesamte Gruppe in der Nacht zum Nacktbaden. Dieses Erlebnis würde ich in meinem Leben nur einmal haben. Als ich im Wasser war, durften ich und auch die anderen Mädels den Badeanzug ausziehen. Ein herrliches und unvergessenes Gefühl durchströmte mich. Ich fühlte mich frei und schwerelos. Es war ein herrlicher Urlaub an der Ostsee, und die Sonne schien jeden Tag. Dort lernte ich auch (durch Abschauen) das Wellenreiten. Kam eine Welle, sprang ein jeder drüber hinweg. Die Sonne bräunte mich, und ich war noch zwei Jahre lang gut gebräunt. Die Träger meines Badeanzugs konnte man auf meiner Schulter noch lange sehen.

Es nahte der Tag der Entlassung im August 1966, doch zuvor rätselten wir alle, wer als Beste nach Hause gehen würde. Es war im diesem JWH üblich, die Besten auszuzeichnen. In der Aula vollzog sich die Abschlussveranstaltung, und einige Jugendliche - Junge oder Mädchen - wurden nach und nach aufgerufen. Die Bühne füllte sich langsam, und aus meiner Gruppe war noch niemand dabei. Plötzlich wurde auch mein Name genannt, und ich konnte es nicht fassen. Ich war die Beste dieses Zeitraums während meines Heimaufenthaltes. Als Anerkennung erhielt ich ein Buch: „Der geteilte Himmel" mit einer Widmung vom Bekleidungswerk und eine Tunika (Bluse) vom Heim.

Das Buch hatte ich lange in meinem Besitz, doch niemand wollte es lesen oder es sich anschauen. So bleibt es nun, nachdem ich es entsorgt habe, in meiner Erinnerung, und ich werde weiter allein das Lied vor mich hinsummen: „Ich schau den weißen Wolken nach und fange an zu träumen ...."

Teil 3

Aus dem JWH entlassen, ging ich zum Bahnhof Burg, und wenig später saß ich im Zug nach Berlin. Als der Zug an der Anlage vom JWH vorbeifuhr, sah ich mir noch einmal das Heim vom Zug aus an. Da lag es nun friedlich, umgeben von Bäumen und Feldern. Das Haus, in dem ich 12 Monate gewohnt und wo ich wöchentlich die Fenster geputzt hatte, konnte ich von weitem gut erkennen. An diesem, ja genau an diesem Fenster stand ich oft und schaute dem Zug nach Berlin nach. Etwas Wehmut begleitete mich, aber auch die Vorfreude auf eine neue Zeit.

Meine Mutter war wieder einmal in einen anderen Stadtteil Berlins umgezogen. Sie bewohnte jetzt eine Zweizimmer-Neubauwohnung, gebaut von einer Genossenschaft und an- teilig auch ihr Eigentum. Dafür hatte sie ungefähr zehn Jahre lang mühselig eingezahlt, um dieses Eigentum zu erhalten. Die Wohnung hatte ein Bad mit einer Badewanne und eine Küche mit Einbaumöbeln. Die Küchenmöbel mussten allerdings noch abbezahlt werden. Ich durfte in ein Zimmer dieser Wohnung einziehen. Das Bett und die übrigen Möbel gehörten meiner Mutter. Nur ein paar Gehminuten entfernt fand ich Arbeit als Näherin. Dort wurden von den jeweiligen Näherinnen Herrenhosen im Stück genäht. Das hieß nicht nur eine Naht, sondern nach und

28

nach stellte die Näherin eine Hose fertig. Nur das Annähen der Knöpfe und das Bügeln der berühmten Bügelfalte übernahm eine andere Kollegin.

Ich fühlte mich bei meiner Mutter wieder nicht wohl. Sie ging ihrer Arbeit nach und lag anschließend nur im Bett. Das war schon immer so, dass sie sich ins Bett legte und sich selten um etwas kümmerte.

Versuchte ich in einem Gespräch, ihr meine Gedanken nahezubringen, wechselte sie sofort das Thema und ging zu Belanglosigkeiten über. Ich ging in die Näherei arbeiten, kümmerte mich um Wäsche und Haushalt. Doch ich wollte weg, nur wohin? Eine Wohnung bekam man erst mit 18, und ich war erst 17 Jahre alt!

Monate später lernte ich mit 17 Jahren meinen späteren Mann Thomas kennen. Er war im gleichen Alter, aber da er Vollwaise war, durfte er allein in einer Einraumwohnung leben. Er verdiente sein Geld in der "Berliner Druckerei" und konnte so seinen Lebensunterhalt und die Miete zahlen. Die Möbel stammten von seiner verstorbenen Mutter.

Dort zog ich ein, aber schon bald bekam ich öfters Schläge von ihm. Einmal hatte er sein Luftdruckgewehr in der Hand und zielte, ohne einen Schuss abzugeben, immer wieder auf mich. Er hörte nicht auf, und ich hatte panische Angst, dass sich ein Schuss lösen könnte. Daraufhin entriss ich ihm das Gewehr und verprügelte ihn mit dem Gewehrkolben sehr heftig.

In dieser Zeit mit Thomas absolvierte ich erfolgreich meine 8. Klasse an der Volkshochschule vom Prenzlauer Berg in Berlin. Wie muss man sich das vorstellen? Ich arbeitete 43,75 Std. die Woche und besuchte nach der Arbeit dreimal in der Woche von 16.00 bis 21.00 Uhr den Unterricht in der Schule. Halbtagsstellen gab es in der DDR nicht, und so musste ich die Zähne zusammenbeißen, um diese Hürde zu nehmen. Ich wollte unbedingt die 8. Klasse schaffen, um mir eine berufliche Karriere aufbauen zu können.

Nun lebte ich bei einem Mann, der mit 17, 18 Jahren noch lange kein Mann war. Irgendwie fühlte ich mich gefangen, da ich auf keinen Fall zu meiner Mutter zurück wollte.

Damals, mit meinen 17, 18 Jahren hatte ich Wünsche und Träume wie alle jungen Menschen. Vor allem wünschte ich mir eine Familie. Somit war eine Heirat nötig. Irgendwie mochte ich Thomas. Er war gebildet, und ich schaute oft zu ihm auf. Um heiraten zu können, mussten wir warten, bis Thomas 18 Jahre alt wurde. Ich war sechs Monate älter als er. Im Grunde genommen - aus heutiger Sicht - habe ich ihn nur geheiratet, weil es bei einer Hochzeit die Möglichkeit gab, Westbürger zu Familienfeierlichkeiten einzuladen.

Links mein Papa, ich als Braut, daneben mein damaliger Mann Thomas Domagla
und die Frau vom Papa, Tante Frieda. Beide hatten 1962 geheiratet.

Meinen Vater habe ich an diesem Tag der Hochzeit am 11.04.1968 nach 7/ 8 Jahren wiedergesehen, und er hatte die Erlaubnis, über Nacht zu bleiben. Als ich ihn mit meinen Mann Thomas am nächsten Tag zur Grenze Friedrichstraße zum Tränenpalast brachte, bekam ich an der Grenze einen Nervenzusammenbruch. Ich schrie halb Berlin zusammen, und keiner konnte helfen.

Fast genau ein Jahr später kam über den Postweg das Telegramm,

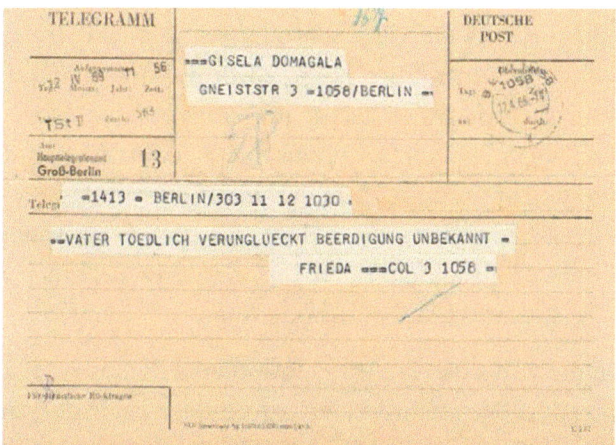

in dem es hieß, dass mein Vater bei einem Verkehrsunfall als Fuß-gänger an einer Ampel (die Ampel zeigte für ihn grün) von einem Abbieger überfahren worden sei.

Auf dem Weg zum Krankenhaus, im Krankenwagen, hatte mein Va-ter den anwesenden Arzt gebeten, mich in Ostberlin zu verständi-gen. Minuten später schlief er für immer ein. Er war in Westberlin das einzige Todesopfer während der Ostertage 1969. Ich stürzte in ein tiefes schwarzes Loch. Über viele Jahre hinweg bis zu meinem dreißigsten Lebensjahr war es mir nicht möglich, diesen Verlust zu verarbeiten. Mein Mund blieb verschlossen, sobald das Thema Vater angesprochen wurde, und es herrschte Funkstille bei mir - kein Ton kam über meine Lippen. Mein Vater war tot, und eine weitere Auskunft oder Erklärung gab ich nicht ab. Wurde ich doch bedrängt, schossen mir sofort die Tränen in die Augen. Eine Therapie wäre zu diesem Zeitpunkt notwendig gewesen, doch diese gab es damals nicht.

Die Ehe mit Thomas von 1968 bis1969 war von Gewalt gekennzeichnet, und einmal war meine Mutter sogar dabei, als ich von ihm einen Schlag ins Gesicht bekam. Sie nahm mich nicht in Schutz, sondern stellte sich auf die Seite meines damaligen Ehemannes. Die Selbstmordversuche nahmen in kürzeren Abständen zu. Im Grunde genommen schrie ich damit um Hilfe. Zweimal drehte ich die Gashähne vom Stadtgas auf und erwachte im Krankenhaus. Dort musste ich das Versprechen abgeben, so etwas nie wieder zu tun, und einige Tage später wurde ich aus dem Krankenhaus entlassen und zum Allgemeinmediziner überwiesen. Dort erhielt ich noch einmal einen Krankenschein und meldete mich Tage später bei meiner Arbeitsstelle, um meine Arbeit wieder auf- zunehmen.

Mein Ehemann Thomas erzählte einem Arbeitskollegen von seinem Plan, sich in den Westen absetzen zu wollen. Prompt wurde er verhaftet und wurde wegen versuchter Republikflucht für zwei Jahre ins Gefängnis gesteckt.

Ich nutze die Gelegenheit seiner Abwesenheit und reichte die Scheidung ein. Wir waren noch am ersten Verhandlungstag geschieden. Nach der Scheidung habe ich sofort meinen Mädchennamen Stupíen wieder angenommen. Thomas wurde zurück in den Knast gebracht und beantragte von dort aus die Ausreise nach Westberlin.

Er war im Gefängnis, und ich hatte Mietschulden von 5 Monaten nachzuzahlen. Es war Winter, und ein sehr kalter Winter 69/70, die Tauben von Berlin fielen vor Kälte auf die Straße. In meinem Keller lagen Kohlen für eine Woche. Mein Ehemann hatte nicht für Kohlen gesorgt. Von meiner Arbeitsstelle klaute ich Kohlen in einer Reisetasche, um nicht in meiner Wohnung zu erfrieren. Kohle nachzubestellen war damals nicht möglich. Und ich zahlte jeden Monat nicht eine Miete sondern zwei Monatsmieten. Nach wenigen Monaten informierte ich seinen Rechtsanwalt, dass ich aus der ehemalige Ehewohnung ausziehen würde. Ich verschloss die Wohnung und drehte mich nicht mehr um.

Was aus seinen Möbeln und allem anderen werden würde, interessierte mich nicht die Bohne. Ich habe dann noch meine Wohnungsschlüssel seinem Rechtsanwalt zugestellt, und damit war für mich der Fall Thomas abgeschlossen.

Nun lebte ich wieder bei meiner Mutter und das aus der Not heraus. Sie drängte mich immer wieder, beim Wohnungsamt vorzusprechen. Dann endlich nach Jahren, ich war inzwischen

Gisela

23 Jahre alt, wurde mir eine Einzimmerwohnung in einem Berliner Hinterhaus zugewiesen: ein Zimmer, eine Küche, ein kleiner Korridor und eine halbe Treppe tiefer eine Toilette.

Meine Möbel waren spärlich. Von meiner Mutter bekam ich einen Kleiderschrank, ein Radio und etliche Haushaltsgegenstände. Von einem kleinen Kredit kaufte ich mir ein Klappsofa, eine Wohnzimmerlampe und einen Tisch. Die Küchenmöbel bestanden aus Obst- und Gemüsekisten. Kochen war auf einem Kohleherd möglich.

Zu diesem Zeitraum, 1974, gab es endlich Neurologen, und ich holte mir einen Termin. In einem Gespräch sagte der Arzt, dass er mich in ein Krankenhaus einweisen würde, sofern ich einverstanden wäre. Dem stimmte ich zu, weil ich spürte, dass mit mir etwas nicht stimmte. Im Krankenhaus erhielt ich eine "Verhaltenstherapie", die sechs Monate dauerte.

Meine Familie hatte ich über diese erste Einweisung in ein Krankenhaus nicht in Kenntnis gesetzt, und ich hatte auch nicht genügend Vertrauen zu ihnen, um ihnen von diesen vielen Selbstmordversuchen zu erzählen. Ich wohnte nicht mehr bei meiner Mutter, und so war ich für viele Wochen weg und keiner wusste, wo ich war. Meine Mutter sprach auf meiner Arbeitsstelle vor und erhielt die Auskunft, dass ich krankgeschrieben sei. Daraufhin fing sie an, sich Sorgen zu machen.

Später erzählte sie mir, dass sie meine Schwester Erika gebeten hätte, mich nach zehn bis zwölf Wochen der Ungewissheit per Telefon zu suchen. Erika hatte die Suche nach meinen Verbleib über das Telefon organisiert. In einem Privathaushalt gab es zur damaligen Zeit in der ehemaligen DDR kein Telefon. Erika tat es von ihrer Arbeit aus. Als Erika in der Aufnahme der Klinik für Psychiatrie vom "Wilhelm-Griesinger " nachfragte, ob ich dort eingewiesen sei und wenn ja, seit wann, erhielt meine Schwester recht vorwurfsvoll die Antwort: "Sie suchen ihre Schwester erst jetzt, nach so vielen Wochen? Kümmert sich denn gar keiner um die Patientin!?". Ich war noch weitere Monate dort und bekam von meiner Mutter und später von Schwester Karin einmal Besuch.

Tante Elisabeth, sie war die Schwester meines Vaters, machte sich sofort auf den Weg. Sie lebte in Westberlin, und jeder Bürger musste ein Visum beantragen, um in den Ostteil von Berlin einreisen zu können. Sie nahm sich den weiten Weg vor und besuchte mich im Krankenhaus. Sie fuhr mit den Nahverkehrsmitteln durch Berlin, überquerte die Grenze und fuhr weiter durch Berlin. Dafür benötigte sie bestimmt einen ganzen Tag für hin und zurück. Sie nahm diese Mühsal auf sich, obwohl sie gerade erst frisch aus dem Krankenhaus entlassen wurde. Sie hatte einen Herzinfarkt überstanden.

Die Krankheit Depression war zu diesem Zeitpunkt unbekannt, und meine Selbstmordversuche wurden als eine Art Verhaltensstörung bezeichnet und dementsprechend ohne Medikamente behandelt. Die medizinische Wissenschaft war in den 70er Jahren noch nicht so weit. Heute bin ich mir sicher, ich hatte eine schwere Depression. Trotz dieser Krankheit ging ich weiterhin arbeiten und schleppte mich so manches Mal dort hin. Immer öfter, und das in immer kürzeren Abständen, konnten mich keine zehn Pferde mehr bewegen, morgens aufzustehen. Mit Mühe und Not ging ich dann zur Allgemeinmedizin und bekam eine Krankschreibung , angeblich wegen einer Erkältung oder Ähnlichem. Immer öfter stand in meinem Versicherungsausweis die Diagnose mit dem Zahlenschlüssel 310. Das bedeutete damals sinngemäß "Nervöse Erschöpfung".

Seit dieser Zeit habe ich bis in die 70er Jahre mehrfach versucht, mir das Leben zu nehmen. Mit Aufschneiden der Pulsader, mit Stadtgas oder mit Tabletten. Als ich meinen dritten Ehemann Werner 1983 lieben lernte, hörten die Selbstmordversuche fast schlagartig auf. Den Gedanken konnte ich bei Sorgen nicht ganz ausschalten, aber ernsthafte Versuche gab es nicht mehr. Zu einem Selbstmordversuch habe ich immer sehr viel Mut benötigt. Angst hatte ich nie, vielleicht Scham, weil es nicht klappte, aber mehr auch nicht. Meiner Familie, Mutter und Geschwistern, habe ich mich nie anvertraut. Vielleicht ahnten sie etwas, doch ich wurde nicht angesprochen und konnte bei ihnen nie Trost finden. Es gab zu ihnen kein Vertrauensverhältnis.

In der DDR war es üblich, dass die Vorgesetzten oder die Leute der Kaderabteilung nach einer 14-tägigen Arbeitsunfähigkeit einen Bezirksamtsarzt zu verständigen hatten, dazu war die jeweilige Arbeitsstelle verpflichtet. Der Bezirksarzt entschied dann, ob der entsprechende Patient weiterhin als arbeitsunfähig galt oder nicht. Ich erhielt einen Termin, und als ich das Zimmer verlies, hatte ich eine weitere Krankschreibung für die nächsten vier Wochen in der Hand, zusammen mit einem Empfehlungsschreiben für meinen Hausarzt, mich nach Ablauf dieser vier Wochen bei Bedarf weiterhin krankzuschreiben. Insgesamt war ich so ungefähr drei Monate krankgeschrieben und fühlte mich nach dieser Zeit einigermaßen stabil.

Erst Jahre später, als ich wieder mit einem Selbstmordversuch ins Krankenhaus für Psychiatrie "Wilhelm-Griesinger " eingeliefert wurde, wachte ich erst nach drei Tagen (ohne Medizin) aus dem Schlaf auf.

Dann endlich bekam ich Medikamente. Sie halfen mir einige Wochen.

Zu dieser Zeit war ich etwa 24, 25 Jahre alt. Ich hatte endlich einen Schulabschluss, eine Einzimmerwohnung, und war als Arbeiterin im Glühlampenwerk "Narva" beschäftigt, einer Fabrik, am S- Bahnhof Warschauer Straße gelegen.

Dann lernte ich einen Arbeitskollegen mit Namen Clemens näher kennen, und er zog bei mir ein. Uns trennten sieben Jahre Altersunterschied. Ein Jahr später, 1974, entschlossen wir zu heiraten. Ab dem Polterabend wurde er nicht mehr nüchtern, und schon morgens ging sein erster Griff zur Flasche. Ich ging mit ihm zur Familienberatung. Auf meine Frage hin, warum er seit dem Polterabend so massiv trinke, bekam ich die Antwort, er sei sich durch die Heirat sicher. Ich dachte, gleich in Ohnmacht fallen zu müssen und verstand die Welt nicht mehr. Mein Entschluss stand sofort fest: Mit diesem Mann werde ich nicht alt und grau. Nach sechs Monaten Ehe mit einem ewig betrunkenen Mann reichte ich die Scheidung ein. Die Verhandlung dauerte nur dreißig Minuten, und danach waren wir schon geschieden. Scheidungen liefen in der DDR immer in diesem Tempo ab.

Er fand keine Wohnung und hat in meiner Einzimmerwohnung noch fast zwei Jahre mit mir zusammengelebt, und wir teilten uns das Sofa zum Schlafen.

Ich stellte einen Antrag bei der "HO" (Handelsorganisation) , mich zu einer berufsbegleitenden Fortbildungsmaßnahme zuzulassen. Sie wurde bewilligt, und so arbeitete ich zwei Tage die Woche und besuchte an den anderen drei Tagen die Betriebsschule.

Im Jahr 1981 absolvierte ich mit Erfolg meinen Facharbeiter zur "Textilfachverkäuferin". Doch ich wollte mir weiter eine berufliche Karriere aufbauen und erkundigte mich bei der Kaderabteilung (Personalwesen), wie ich mich weiter entwickeln könnte. Der Facharbeiter war ein erster Schritt.

Clemens war weiterhin täglich besoffen. Ich stellte einen Ausreiseantrag und schilderte auch die Situation, in der ich mich befand. So wollte ich nicht weiterleben, dann schon lieber unter einer Brücke in Westberlin. Mein Schreiben landete bei der Abteilung "Inneres", und als ich vorsprechen musste, sagte die Sacharbeiterin mir auf dem Kopf zu: "Sie wollen doch nicht wirklich nach Westberlin?! Sie wollen eine Wohnung, oder?!" Ich nickte.

Nach einigen Wochen bekam ich eine Wohnung in einem Altbau zugewiesen, sogar mit einem Bad. Da alle Möbel mir gehörten und auch die anderen Haushaltsgegenstände, plante ich - und das mit Erfolg - einen sang- und klanglosen Auszug. Frühmorgens ging der geschiedene Mann zur Arbeit, und ich packte in Windeseile meine Klamotten. Pünktlich um 8.00 Uhr kamen die Umzugshelfer, und ich verließ die abgemeldete Wohnung mit Sack und Pack.

Vorher hatte ich mich um eine andere Arbeit bemüht und so war ich weder in der alten Wohnung noch auf meiner alten Arbeitsstelle zu finden. Damals war es in Berlin sehr gut möglich unterzutauchen. Ich fand meinen Plan genial, und viele schauten mich nach meiner Erzählung dieser Ereignisse mit großen Augen an oder klatschten Beifall.

Dann habe ich in der Friedrichstraße gegenüber vom S-Bahnhof und dem Tränenpalast in einem Kurzwarengeschäft gearbeitet und lernte dort durch einen Zufall einen Westberliner Kunden kennen, und wir verliebten uns. Gut vier Jahre führten wir eine Fernbeziehung zwischen Ost und West - er kam regelmäßig jedes Wochenende zu mir. Eines Tages löste er sich in Luft auf und ward nicht mehr gesehen. Ich erlebte diese Trennung heftig und konnte nicht verstehen, was passiert war. Er reagierte nicht auf meine verzweifelten Briefe.

1984 arbeitete ich in einem Bekleidungshaus für Damen und Herren als Verkäuferin. Dort bewarb ich mich für eine Weiterbildung zur Verkaufsstellenleiterin. Sechs Monate später (Berufsbegleitende Betriebsschule) hatte ich die Urkunde in der Hand, die mich befähigte, eine Verkaufsstelle zu führen. Vorsichtshalber übernahm ich nicht gleich die Leiterinnenstelle sondern erst einmal die der Stellvertreterin. Das war eine gute Entscheidung.

Schon über Jahre hinweg wusste ich, dass ich aus gesundheitlichen Gründen keine Kinder bekommen konnte. Aber ich wollte unbedingt Kinder oder mit Kindern leben. Eine Arbeitskollegin war alleinerziehend mit zwei Jungs. Enrico war damals sechs Jahre alt und Francesco gut sechs Monate. Die Arbeitskollegin hatte merkwürdige Erziehungsmethoden, denn sie schlug ihre Kinder sehr oft, und ich nahm die Jungs übers Wochenende oft zu mir, später nur noch Francesco, der mir besonders ans Herz gewachsen war Die Verbindung zu Francesco hielt Jahrzehnte, und ich habe ihn immer begleitet. Als er zehn Jahre alt war, hat die Jugendhilfe Francesco gefragt, ob er vielleicht lieber ins Heim wolle. Er stimmte sofort zu und kam in ein ganz normales Kinderheim, wo ich ihn oft besuchte.

Wenn wir beide allein waren, sprach er mich immer öfter mit Mami an, und mein Herz hüpfte vor Freude. Später .... ich wohnte bei meinem späteren Mann Werner, und mit den Stiefkindern zusammen wurde Fränzchen oft von Werner mit seinem Roller „Schwalbe" über's Wochenende zu uns geholt. Einmal in den Ferien konnte ich vom Küchenfenster aus eine Szene beobachten, die noch heute ein Lächeln in mein Gesicht zaubert. Mein Mann war ein humorvoller Mensch und immer für einen Spaß zu haben. Vom Küchenfenster aus sah ich, wie sich beide im Garten eine Wasserschlacht lieferten. Es war an diesem Tag sehr warm, und beide hatten nur eine Turnhose an. Werner versuchte immer wieder, Franceso (Fränzchen) mit einem Wasserstrahl zu treffen. Francesco rannte zur Wassertonne, um Wasser zu schöpfen, und mit einem Krug anschließend zu meinem Mann. In einem unbedachten Moment verschwand Fränzchen und tauchte mit dem Kopf aus der Tonne auf. Werner und ich hatten einen Lachanfall, und ich konnte von dieser Situation ein Foto knipsen.

Teil 4

Zurück zum Jahr 1983. Ich war 33 Jahre alt, hatte zwei Ehen hinter mir, hatte Arbeit, eine nette Wohnung, aber noch immer keine Familie. Eine Familie, in der ich das Gefühl haben könnte, endlich angekommen zu sein und mich geborgen zu fühlen. Nach einer Bauchspiegelung im Krankenhaus wurde mir mitgeteilt, dass ich niemals ein Kind bekommen könnte. Mit Fassung und doch innerlicher Trauer nahm ich diese Diagnose auf und fragte mich: Warum ... ich, was habe ich getan?!

Es kam noch schlimmer, denn ich wurde drei Monate später operiert. Auf dem Weg zum OP-Saal heulte ich fürchterlich, und kurz vor der OP waren meine Schleimhäute der Nase so stark angeschwollen, dass ich Sauerstoff bekommen musste. Es dauerte dann nur noch wenige Sekunden, und ich fiel in Schlaf.

Der Traum von wenigstens einem Kind blieb somit ein Wunschdenken. Eine Kollegin meinte in einem Gespräch: "Gib doch eine Anzeige in der Zeitung auf: Suche Mann mit Kind oder Kindern." Diesen Rat befolgte ich, und die Überschrift lautete dann: "Minifamilie gesucht", und ich bekam bestimmt zwanzig bis dreißig Briefe von Männern, die verwitwet oder geschieden waren. Ich traf mich mit Werner, und er brachte zum ersten Date seine Kinder mit. Hans war sieben oder acht Jahre und Martina acht, neun Jahre alt.

1983, später mein Mann Werner Stupíen geb. Muss

Als ich Werner sah, war es um mich geschehen. Später sagte er mir, dass er das gleiche Gefühl hatte. Wir beide hatten eine wunderschöne Phase des Verliebtseins, die sich später als eine gute Grundlage unserer Liebe entpuppte. Doch einige Schwierigkeiten mussten noch überwunden werden, um die Liebe zu genießen.

Wir kannten uns ein halbes Jahr, bevor wir 1984 zusammen- zogen. Da die Kinder in seinem Wohnbezirk zur Schule gingen, hatte ich meine Koffer gepackt und war zu ihm gezogen. Meine Altbauwohnung mit Bad gab ich aber noch nicht auf. Die Miete war sehr billig, und wenn eines der Kinder eine Wohnung suchte, war diese gleich vorhanden.

Am ersten Tag, als ich sein Grundstück und das Haus betreten wollte, trug mich mein späterer Mann Werner über seine Haustürschwelle. Ich kannte diese Tradition und was sie bedeutete, nämlich, dass die Frau in dem Haus als Haus- und Ehefrau leben sollte. Ich lebte bei Werner und seinen Kindern und musste mich an vieles gewöhnen, wie zum Beispiel: Lebensmittel einzukaufen.

Kam ich als Single mit einem halben Brot die ganze Woche über aus, musste ich jetzt dafür sorgen, dass alle zwei Tage ein ganzes Brot vorhanden war. Wir alle vier nahmen täglich Brote zur Arbeit und zur Schule mit. Für Wurst und sonstigen Belag sorgte mein Mann, denn auf seiner Arbeitsstelle in der Fleischfabrik gab es eine Verkaufsstelle für die Arbeiter. Auch Fleisch vom Feinsten wurde dort zu Spottpreisen angeboten, um gut dreiviertel billiger als in einem normalen Fleischergeschäft. Auf seinem Grundstück konnte ich an die zwanzig Obstbäume zählen. Das Obst weckte ich ein, und so hatten wir bis zur nächsten Obsternte jeden Sonntag immer Kompott auf dem Tisch, und es reichte außerdem noch zum Kuchenbacken. Am liebsten backte ich Hefepflaumenkuchen auf dem Blech. Wir kochten nur am Wochenende. Die Kinder nahmen tagsüber die Schulspeise, und mein Mann konnte sich für fünfzig Pfennig eine große Portion warmes Essen in der Kantine kaufen. Ich im Einzelhandel hatte keine Gelegenheit, eine warme Mahlzeit zu mir zu nehmen. Es machte mir nichts aus, und umso mehr freute ich mich auf eine gute warme Mahlzeit zum Wochenende.

Jeden Sonntag, egal was für ein Wetter herrschte, stand pünktlich zu 14.00 Uhr die Schwiegermutter vor dem Gartentor. Gemeinsam tranken wir Kaffee, und ich wartete auf ihr Urteil zu meinen Backkünsten. Bis ich Werner kennengelernt hatte, hatte ich ganz selten gebacken und war mir mit Vielem sehr unsicher. Gelang mir der Kuchen nicht jedes Wochenende, so tröstete mich der Stiefsohn, indem er zu mir sagte: „Macht doch nichts, Hauptsache, der Kuchen ist süß!" Ich bemerkte ganz schnell, dass die Schwiegermutter –damals schon Rentnerin - nicht einmal in all den Jahren einen Kuchen zum Sonntagskaffee gebacken hatte. Im Gegenteil, hatte ihr Nachbar Obst übrig und wusste nicht, wohin damit, nahm sie es dankend an und brachte das Obst ungewaschen und nicht entsteint zum kommenden Sonntag (wie immer: 14.00 Uhr) mit. Sie war ein Mensch, der gerne nimmt, aber nicht gerne gibt. Obwohl ich mit vollen 43,75 Stunden Arbeit pro Woche beschäftigt war, zusätzlich mit der Versorgung dieses großen Grundstücks, dem Haushalt sowie zwei schulpflichtigen Kindern und so weiter… zu tun hatte, fand sie es dagegen völlig normal, sich bedienen zu lassen.

Doch schon bald war in meinem neuen Zuhause auch der Alkohol ein ständiger Gast. Wir besuchten Veranstaltungen und Feste, auf denen der Alkohol floss, und auch bei Familienfeiern wurde getrunken.

Dieser Lebensrhythmus änderte sich nicht großartig, als ich bei Werner einzog, und schon einige Monate später geschah es regelmäßig an den Wochenenden. Das Erlebnis mit Clemens, meinem zweiten Ehemann, war mir noch zu stark in Erinnerung. Dass mein neuer Partner auch alkoholkrank war, kam mir gar nicht in den Sinn. Aber die Alarmglocken gaben keine Ruhe. Ich wurde stutzig, als Werner mir erzählte, dass ihm Alkohol schon am Konfirmationstag aufgedrängt worden sei und seitdem hätte er die offizielle Erlaubnis seiner Eltern erhalten, alkoholische Getränke zu trinken. Werner berichtete mir auch, dass dies zusätzlich für seine Lehrzeit galt, denn Alkoholgenuss sei völlig normal, so meinte er, und mit den Kollegen einen zu saufen, gehöre dazu. Auch als Lehrling ging man nach der Arbeit mit in die Kneipe, er gehörte schließlich zu den Großen, wenn er mittrank - und Werner trank mit.

Aus meiner Familie hatte ich warnende Erfahrungen. Tante und Onkel waren für mich in meiner Jugendzeit ein vorbildliches Ehepaar gewesen, doch zur Zeit meiner Bekanntschaft mit Werner waren sie bereits tot – gestorben am Alkohol. Mit zunehmendem Alter hatte ich ihren Verfall miterlebt und beherzigte daher diese Mahnung immer wieder, auch bei meinen Freunden. Und so achtete ich in den Jahren vor Werner darauf, nicht im Übermaß zu trinken.

Die Regelmäßigkeit, mit der Werner und ich dann jedes Wochenende tranken – und es war nicht wenig, was wir konsumierten, häufig war auch ich regelrecht betrunken – fiel mir erst gar nicht auf. Doch irgendwie war mir dabei nicht wohl - ich fühlte mich, als sei ich in einem ständigen Alarmzustand. Tante und Onkel waren nicht vergessen, aber das mahnende Beispiel war aufgrund der neuen Beziehung verdrängt.

Werner ging dann dazu über, auch in der Woche zu trinken, und das steigerte sich von Woche zu Woche mit einem erschreckend schnellen Tempo. Waren wir anfangs noch allein an Wochenenden in seliger Trunkenheit vereint, ging Werner dann plötzlich auch am Montag, am Dienstag und am Mittwoch zum Arzt, um sich arbeitsunfähig schreiben zu lassen. Allmählich konnte ich die Alarmglocken nicht mehr überhören. Ich sprach mit Werner und machte ihm klar, dass es für mich langsam zu viel wurde.

In dieser Zeit war Werners Mutter keine Hilfe mehr, dennoch hielt sie zu ihrem Sohn, beständig behauptend, so viel trinke er doch gar nicht, und sie schenkte ihm natürlich weiterhin Alkohol zu bestimmten Anlässen.

Meine Mahnungen wandelten sich mit der Zeit zu einem Ultimatum. Ich drohte Werner, ihn zu verlassen. Er zeigte zwar Willen, aber es war zu schwer für ihn, seinen Willen auch durchzusetzen. Seine seelische Kraft war geschwunden, aber seine Zuneigung zu mir nicht. Seine Mutter verniedlichte seine Sucht, auf der Arbeit wurde weitergesoffen, und er litt. Er rang sich schließlich dazu durch, freiwillig eine Therapie zu beginnen.

Dazu bedurfte es jedoch erst noch eines Schocks. Als ich eines Tages von der Arbeit nach Hause kam, war Werner so betrunken, dass ich ihn ins Krankenhaus einweisen lassen musste. Er kam auf eine Alkoholiker-Station und hatte das Glück, dass seine Ärztin ihn nicht nur entgiftete sondern auch lange mit ihm redete und ihm die stationierten Patienten eine Etage höher zeigte – alle im Endstadium eines langjährigen Alkoholismus. Als er diese kranken Menschen sah, stand sein Entschluss fest, ‚trocken' zu werden. Ich wurde zu einem gemeinsamen Gespräch mit seiner Ärztin bestellt. Meine erste und wichtigste Frage war: wird Werner es schaffen, sich vom Alkohol fern zu halten? Sie beantwortete meine Frage mit einem klaren Ja! Weiter sagte sie: "Seine Liebe ist so stark zu Ihnen, dass er es schafft, und er hat einen starken Willen".

Als er aus dem Krankenhaus entlassen wurde, vereinbarten wir, dass er mir seine Konto-Karte übergibt und nicht mehr alleine Einkaufen gehen darf. Familien und Freunde wurden eingeweiht, und es wurde mit ihnen verabredet, dass bei künftigen Zusammentreffen kein Alkohol mehr auf dem Tisch steht. Werner erhielt von mir ein tägliches Taschengeld und ging regelmäßig zur Therapie. Ab diesem Zeitpunkt trank auch ich keinen Alkohol mehr. Ich wusste, wenn ich ihm etwas vortrinke, schafft er es nicht, und meine Liebe war so stark, dass ich alles tun würde, um ihm zu helfen. So, wurden wir beide trockene Alkoholiker. Als er sich nach gut zehn Monaten gefestigt hatte, lockerten sich viele Abmachungen. Aber es dauerte noch viele weitere Monate, bis er wieder alleine Einkaufen ging.

Ab diesem Zeitraum erhielt ich von Werner einen Heiratsantrag. Ich stufte Werner als einen Menschen ein, der nie seinen Geburtsnamen aufgibt. Somit lehnte ich eine Heirat ab. Auf keinen Fall wollte ich seinen Nachnamen tragen, nicht für Geld und gute Worte. Sein Nachname war „Muss", seinen Namen gegen meinen Mädchennamen „Stupíen" war für mich völlig unmöglich. Mit der Zeit baute sich ein Vertrauen auf, und Werner hielt sich an seinen Entschluss, den Alkoholismus zu besiegen. Wir waren schon drei Jahre ein Paar, und ich erhielt von Werner einen weiteren Heiratsantrag. Ich lehnte wieder ab. Nun fragte Werner, warum ich nicht heiraten möchte. Ich erzählte ihm, dass ich seinen Namen niemals annehmen würde. Er stimmte sofort zu, meinen Namen anzunehmen. Dann fügte ich noch eine zweite Bedingung hinzu: Wir sollten noch weitere Jahre warten bis zum 8.8.88. Er freute sich sehr und war begeistert. Wir weihten die Kinder ein, und Stiefsohn Hans-Jürgen wollte auch meinen Namen. So gab es gleich zwei neue männliche Stupíen ab dem 8.8.88.

Ein Jahr später, 1989, kam die Wende.

In dem alten Staat, in dem ich viele Jahrzehnte lebte, konnte man keine Reizwäsche kaufen. Doch als die Mauer fiel, konnte ich meinen Augen nicht trauen, als ich die schöne Wäsche für Frauen im Katalog sah. Ich bestellte mir etwas Hübsches und natürlich in der Farbe schwarz. BH, Hüftgürtel, Strümpfe und Slip. Als Werner ins Schlafzimmer zur Nachtruhe kam, hatte ich zuvor meine schwarze Reizwäsche angezogen und die dicke Bettdecke bis zur Kinnlade hochgezogen. Mit dem Aufschlagen der Bettdecke und den Worten:" Ich möchte dich ab jetzt auf den Westen vorbereiten", kicherten wir beide und schliefen später ruhig und glücklich ein.

Werner erlitt nur einen einzigen Alkoholrückfall. Er wurde nach gut dreißig Berufsjahren nach der Wende im Jahr 1990 entlassen, und mit einer Kündigung hatte er aufgrund seiner langjährigen Betriebszugehörigkeit nie gerechnet. Er war diesem Unternehmen als 14-Jähriger beigetreten und hatte die Lehrzeit mit Bravour absolviert. Er war ein sehr guter Lehrling und durfte schon nach zwei Jahren - und nicht, wie vorgesehen, nach drei Jahren - den Titel "Fleischer" tragen. Er erhielt vom Fleischkombinat unter anderem Geld, um sich etwas Schönes zu kaufen. Seine Eltern legten noch etwas drauf, und so kaufte sich Werner stolz das erste Moped. Später erwarb er noch erfolgreich die Qualifikation zum Schlachter. Zum Zeitpunkt, als er die Kündigung erhielt, war er schon Jahre trocken. Doch nun kaufte er sich eine Flasche Schnaps und trank sie halb leer, aber dann suchte er sich Hilfe. Ich war auf der Arbeit und nicht erreichbar, aber ein Jugendfreund nahm ihn auf, legte ihn schlafen und verständigte mich.

Wie sah unsere Situation nach der Wende aus? Die Kinder waren bereits außer Haus, und wir hatten beide keine Arbeit mehr. Werner bekam vom Fleischkombinat eine stattliche Abfindung. Wir beschlossen, das Geld zu nutzen, um uns eine Kur zu gönnen. Damals nannte sich diese Form von Kur "offen", heute sagt man „Vorsorgekur". Ich wälzte die Kataloge, und wir fuhren Wochen später nach Bad Aibling in ein kleines Hotel, wo auch die Kuranwendungen stattfanden.

Es sollte unbedingt etwas mit Moor zu tun haben, weil mein Mann immer wieder, und das über Jahre, mit den Rücken kränkelte. Als wir die ehemalige Grenze von der DDR passierten, unterschieden sich allein schon die kleinen Häuser im Westteil vom Ostteil, von dem, was wir kannten.

Die Kur ging zu Ende, und mein Mann Werner sagte einmal unter

Tränen, „Ich möchte hier gar nicht weg". Daraufhin meinte ich, wenn Du das möchtest, müssen wir bald in den Westen gehen, denn mit unseren 44/45 Lebensjahren wird es immer schwieriger werden, eine Arbeit zu finden. Ab diesem Zeitpunkt reifte der Plan, im Westen einen Neuanfang zu starten.

Mir wurde übers Arbeitsamt eine Weiterbildung zum "Finanz-und Lohnbuchhalter" bewilligt für einen Zeitraum von zwölf Monaten, täglich acht Stunden. Im Haus der "Kant Akademie" befand sich ein Cola Automat. Keiner aus meiner Klasse konnte sich aus diesem Automat eine Cola-Dose ziehen. Wir standen davor wie die Kühe vor einem neuem Tor. Die eine Klassenkameradin sagte, schau mal so oder doch so. Fazit: Nach gemeinsamem Grübeln hatte jemand eine Dose in der Hand. Wir schauten uns alle verdattert an und lachten noch lange über unsere Unkenntnis.

Während dieser Zeit erhielt ich Arbeitslosengeld, und das war für eine ehemalige DDR-Bürgerin sehr wenig. Damals lagen auf den Arbeitsämtern Zeitungen aus, worin etliche Arbeitgeber den Arbeitssuchenden eine Arbeit sowie eine Wohnung anboten. Sehr interessiert las ich in regelmäßigen Abständen diese Zeitung, und mein Plan reifte heran, Berlin zu verlassen.

Nun war es so, dass wir auf einem sehr großen Eigentumsgrundstück in Berlin-Karow wohnten und beide je zur Hälfte Grundstückeigentümer waren. Als wir in der Umbruchzeit das Grundstück verkaufen wollten, mussten wir feststellen, dass die zuständigen Ämter sehr langsam reagierten. Für uns ein Vorteil. Das Erscheinen der Verkaufsanzeige in der Zeitung benötigte einige Wochen. Als die ersten Bewerber vor der Gartentür standen, boten sie uns für den Quadratmeter nur sieben Ostmark an, und es kam so zu keiner Einigung. Wir beschlossen zu warten, wie sich alles nach der Wende entwickelten würde. Wir mussten nur noch einige Monate warten, um dann über einen Makler einen DM-Preis zu erhalten.

Doch bevor für das Grundstück alles in trockene Tücher kommen konnte, wollten wir aus Berlin raus und vor allem arbeiten. Es zählte jedes Jahr, um später eine einigermaßen gute Rente zu erhalten.

Mein Mann war Fleischer, und er bewarb sich im Sauerland in Olsberg in einem Fleischergeschäft. Bei seinem Vorstellungs-gespräch durfte ich mit dabei sein, und es wurde von Seiten des Arbeitgebers ein monatliches Gehalt von 2800,- DM Brutto mündlich zugesagt.

Werners Arbeitgeber organisierte eine kleine Zweizimmerwohnung in Olsberg. Wir zogen dort ein und lebten sehr ärmlich. Nach zwei Monaten drängte ich meinen Mann dazu, zum Chef zu gehen. Dieser sollte ihm erklären, woher die Differenz von 500,- DM monatlich herrührte, denn der Chef hatte nicht - wie mündlich vereinbart - ein Monatsgehalt von 2800,- DM überwiesen sondern nur 2300,- DM. Wir verklagten den Arbeitgeber, und es kam zu einem Vergleich. Zu diesem Zeitpunkt wurde uns klar, dass wir nicht in diesem kleinen Ort bleiben wollten, wo jeder jeden kennt. Hinzu kam, dass ich mich vergebens bemüht hatte, Arbeit zu finden.

Eines Tage sah ich auf unserem Kontoauszug den Eingang eines einen hohen Betrags. Der Notar aus Berlin hatte uns das Geld vom Verkauf des Grundstücks überwiesen. Noch am selben Tag gingen wir zur Sparkasse und ließen uns einige tausend DM auszahlen. Als wir die Bank verließen, eilte der Filialleiter herbei, öffnete und schloss die Tür hinter uns. Wir gingen ganz groß essen und überlegten uns, wie die Zukunft aussehen sollte. Geld hatten wir, aber keine Arbeit. Zu arbeiten war uns beiden sehr wichtig. Uns war klar, dass wir mit unseren Arbeitsjahren in der DDR keine guten Renten erwarten konnten. Ab jetzt zählte jeder Monat und jedes Jahr. Unsere Familien sowie alle unsere Freunde waren in Berlin und somit waren wir beide für uns allein verantwortlich. Nach Berlin zurück? Nein, auf keinen Fall! Unser Plan war, dass wir uns ganz schnell eine Eigentums- Wohnung suchen und dann so bald als möglich arbeiten wollten. Wir standen altersmäßig an einer Grenze, an der es schwierig war, noch Arbeit zu finden.

Bei einer Tasse Kaffee holte ich meinen alten Schulatlas aus der Volkshochschule hervor, und wir schauten uns gemeinsam die Deutschlandkarte an. Nach Bayern wollte ich nicht -- zu bergig! In eine Millionenstadt wollten wir beide auch nicht, und so einigten wir uns auf die Städte Osnabrück, Bremen oder Münster.

Lange bevor wir das Grundstück verkauft hatten und jetzt eine Eigentumswohnung kaufen wollten, waren wir uns von vornherein einig. Die Eigentumswohnung wird bar bezahlt. Wir waren Gegner eines Kredites. Wir wollten im Alter keinen Kredit abzahlen müssen. So kauften wir die Wohnung in bar. Viele zeigten uns einen Vogel (Kollegen, aber auch mein Cousin), aber im Nachhinein haben wir gut dreißigtausend DM an Zinsen gespart.

Wir kauften Fahrkarten nach Osnabrück, und wir schauten uns in einem Schaukasten der Sparkasse die Wohnungen an, die dort zum Verkauf angeboten wurden. Eine gefiel uns ganz gut, der Preis und der Grundriss waren in Ordnung. Ganz spontan und kurz entschlossen telefonierten wir mit dem Bauherrn, der zu dieser Zeit ein Haus mit sechs Eigentumswohnungen baute. Wir nahmen uns ein Taxi zur Baustelle. Da stand er nun, der Rohbau, etwas erhöht auf einem Berg von Osnabrück, und die Straßen machten auf mich einen sauberen Eindruck. Der Bauherr zeigte uns mehrere Wohnungen (alle noch im Rohbau befindlich): wir können entscheiden, welche wir wollten. Er versprach uns, die Baupläne bald zu schicken.

Als wir dort in diesem Rohbau standen und über die Dächer von Osnabrück schauten, war es um uns geschehen. Wir hatten die freie Wahl: Eine Wohnung im Erdgeschoss mit oder ohne Terrasse, in der Mitte oder oben, rechts oder links, all das konnten wir noch entscheiden. Als wir uns bei einer Tasse Kaffee die Baupläne ansahen, überließ ich Werner die Entscheidung, und er plädierte für die Wohnung in der Mitte. So sind wir eingebaut, meinte er, und sind an einer Außenwand nicht dem Wind ausgesetzt. Dieses Argument fand ich sehr klug, und so kauften wir diese Wohnung.

Bald in die Weite sehen können und nicht mehr in die Enge eines Hinterhauses schauen müssen! Viel Grün um uns herum, und was wir sofort feststellten, es ließ sich mit dieser Luft viel besser atmen. Wir fühlten uns frei wie ein Vogel im Wind. Wir waren glücklich und zufrieden und sahen einer guten Zukunft entgegen.

Aus Berlin hatten wir keine Möbel mitgenommen und in Olsberg nur das Notwendigste gekauft. Wir hatten in Olsberg die Wäsche in einem großen Topf wie zu Omas Zeiten abgekocht, und zum Schlafen dienten uns Campingliegen. Doch nun hatten wir viel Geld und in einigen Tagen eine Dreizimmerwohnung mit Blick über die Dächer von Osnabrück.

Nach den Bauplänen hatten wir in der Nähe von Olsberg in einem Möbelhaus Möbel gekauft. Ein Abendteuer, aber es klappte hervorragend. Nun ja, mit Geld ist eben alles möglich! Im September 1993 in Osnabrück angekommen, hatte mein Mann nach vierzehn Tagen eine Arbeit als Fleischer. Mit seinem Roller fuhr er jeden Tag die sechs Kilometer zur Arbeit. Wir hatten zu diesem Zeitpunkt einen Kater, er hieß Mäxchen, und er eilte immer zu einer bestimmten Zeit zum Fenster und schaute nach draußen. Eines Tages fragte ich mich, was das soll. Ich sah, dass der Kater eine Pfote hob, und kurz darauf stand mein Mann in der Wohnung. Einmal schaute ich mit dem Kater zusammen aus dem Fenster, und ich sah, wie mein Mann dem Kater zuwinkte. Nun war mir klar, warum der Kater zum Fenster rannte, wenn er ein bekanntes Motorengeräusch hörte und warum er dann eine Pfote hob.

Wir hatten nun eine Wohnung, Möbel und noch Geld übrig vom Hausverkauf, und mein Mann hatte Arbeit. Bei mir dauerte es sechs Monate, bis ich eine Arbeit als Verkäuferin fand. Als Verkaufsstellenleiterin zu arbeiten hatte ich Bammel in diesem Westteil von Deutschland, und so wollte ich mich erst einmal sachte hocharbeiten. Wir wollten auch einen großen und teuren Urlaub machen, aber für diesen Plan war Geduld angesagt. Doch zuvor mussten wir noch die Unterbringung des Katers organisieren.

Wir hatten gar nicht vor, Tierschützerin zu werden, doch plötzlich waren wir mittendrin. Unsere Tätigkeit als Tierschützer begann im Herbst 1993 mit der Suche nach einer Möglichkeit, unseren Kurzhaarkater zeitweilig unterzubringen, wenn wir mal in den Urlaub fahren wollten. Unser Kater „Mäxchen" war damals 4 Jahre alt. Da wir, mein Mann und ich, hier in der neuen Umgebung noch kein soziales Netz aufgebaut hatten, schaute ich mich genauer nach einer Unterbringungsmöglichkeit um und dachte dabei an eine Tierpension, so etwas kannte ich aus meiner Heimatstadt Berlin.

Bei einer Tierärztin in Osnabrück entdeckte ich einen Flyer mit dem Angebot: Kostenloses, gegenseitiges Betreuen Ihrer Katze. Der entsprechende Verein existierte seit etlichen Jahren und war aus einer Gruppierung entstanden, deren Mitglieder wechselseitig Katzen hüteten!

Ich wurde neugierig, wer sich dahinter verbarg, und nahm Kontakt auf. Einmal im Monat trafen sich die Tierfreunde in einer Gaststätte in Osnabrück. Beim nächsten damals anstehenden Treffen waren mein Mann und ich dabei. Noch vor Ort wurde das Aufnahmeformular ausgefüllt, und siehe da, mein Mann und ich hatten eine Sorge weniger. Denn als Mitglieder konnten wir die Vorzüge des Vereins in Anspruch nehmen. Doch wir wollten nicht nur das Gute nutzen, sondern auch für den Verein unseren Beitrag leisten. Wir waren also zur Hilfe bereit.

Wir beantragten über die jeweiligen Arbeitsstellen unseren ersten gemeinsamen Urlaub im März. Zu dieser Zeit sahen wir im Fernsehen die Sendung "Traumschiff". Ich bemerkte die leuchtenden Augen meines Mannes. Und der Plan reifte, dass sich mein Mann diesen Traum erfüllen könnte. Hatte er doch auf Vieles in seinem Leben verzichten müssen. Die Mutter seiner Kinder verließ ihn, als die Kinder noch Babys waren. Der Junge war zu diesem Zeitpunkt ungefähr drei Monate und die Tochter etwa ein Jahr alt. Hinzu kam das große Grundstück, 43,75 Stunden die Woche Arbeiten gehen und vieles mehr, was so einen Alltag ausmachte. Er hatte es auch immer wieder bereut, dass er den Jungen in eine Wochenkrippe und später in einen Wochen-Kindergarten geben musste.

Die Schwiegermutter half ihm so gut, wie sie konnte. Aus den Fernsehsendungen war uns schon klar, dass wir unsere Garderobe verbessern mussten. Mein Mann benötigte einen Anzug und einen Smoking. Als ich das erste Mal meinen Mann im Anzug sah, war ich mächtig stolz darauf, so einen attraktiven Mann an meiner Seite zu wissen. Nun, ich wollte auch dementsprechend glänzen, zu irgendwelchen Anlässen auf einem Kreuzfahrtschiff. Dann buchten wir eine 14-tägige Schiffsfahrt in die Karibik. Was für eine Aufregung, was für ein tolles Gefühl von Freiheit und Unabhängigkeit und vieles mehr. Wir beide hatten keine Ahnung vom Fliegen, der Garderobe während des Fluges, der Dauer des Fluges und der Zeitumstellung. Mit der Zeitumstellung blamierte ich mich sehr, da ich einfach nichts, aber auch gar nichts verstand. Werner zog eine Stoffhose an, ich hatte mir ein Kostüm gekauft, und so stiegen wir zu einem 12stündigen Flug in das Flugzeug ein.

Es wurde von Minute zu Minute ein Abenteuer für uns beide. Wir waren beide zu dieser Zeit Kettenraucher und wurden von Stunde zu Stunde nervöser. Endlich in Atlanta angekommen, mussten wir in ein weiteres Flugzeug umsteigen, um nach Puerto Rico zu kommen. Dort lag unser Schiff, die "Regent Sun", im Hafen.

Von einem Ausflug zurück nach zehn Tagen, schlossen wir die Kabine auf und entdeckten auf dem Fußboden ein Briefkuvert. Darin wurden wir zu einem Kapitänsdinner eingeladen. In diesen vierzehn Tagen gab es nur einmal eine Einladung zum Kapitänsdinner..., und wir waren dann insgesamt sechs Reisende am Tisch. Wir hatten schon die Koffer für die Abreise nach Deutschland vorbereitet. Nun packte ich den Smoking und meine Festtagskleidung wieder aus. Meine Gefühle fuhren Achterbahn und ich dachte, ich falle gleich in Ohnmacht. Ich als ehemalige DDR- Bürgerin, der Diktatur entronnen, ich als Arbeiterkind, das sich hochgearbeitet und den Werkhof überlebt hatte, das zwei Stinkstiefel als Ehemänner hatte und dem nun die Ehre zuteilwurde, mit dem Kapitän dieses Kreuzfahrtschiffes an einem Tisch zu sitzen. Leider fehlte mir zu diesem Zeitpunkt die Leichtigkeit, und ich saß minutenlang sehr angespannt auf meinem Stuhl. Mein Mann war eher dieser humorvolle Typ, den so schnell nichts aus der Bahn werfen konnte.

In unserer Ehe war ich eher der "Motor", die etwas Unruhige, die Spontane, aber ich habe nie etwas ohne die Zustimmung meines Mannes getan und so haben wir uns beide all die Jahre immer ergänzt. Dazu fällt mir ein Beispiel ein: Für das Grundstück in Berlin wollte ich mit meinem Mann zusammen einen Kredit aufnehmen zum Ausbau des bestehendes Hauses. Spargeld hatten wir nicht, aber das Grundstück als Sicherheit. Mein Mann sagte damals fast wortwörtlich: „ Ich zahle doch nicht einen Kredit ab als Rentner und dann noch bis zu meinem siebzigsten Lebensjahr." In diesem Moment stimmte ich ihm zu und verwarf den Gedanken, sich mit der Mühsal eines Um-oder Ausbaus des Hauses zu belasten.

Zurück aus dem Urlaub, gingen wir weiter unserer Arbeit nach und fühlten uns in Osnabrück pudelwohl. Mein Mann lebte buchstäblich auf, und manchmal erkannte ich ihn nicht wieder. Er scherzte viel, und wir verstanden uns sehr gut. Ich hatte - aus heutiger Sicht gesehen - das Gefühl, ihm war eine Last von der Schulter gefallen.

Wir wurden aktive Mitglieder des Katzenschutzbundes e.V. Osnabrück.

Fast jedes Wochenende arbeiteten wir am Hausausbau mit und ich übernahm die Aufgabe des Kassenwarts. Durch meine Ausbildung zur Finanz- und Lohnbuchhalterin kannte ich mich sehr gut aus und konnte jetzt die Buchführung bis zur Bilanz bearbeiten. Die Bilanzierung ist für jeden Verein notwendig, um die „Gemeinnützigkeit" für die nächste Zeit zu erlangen. Hinzu kam, dass wir in diesem Verein Tierfreunde kennen und schätzen lernen konnten.

Eine intensive Freundschaft besteht seit 1993 und ich denke sie wird noch weitere Jahrzehnte bestehen. Das ist Michael M. Er ist schon seit Jahrzehnten Tierschützer und setzt sich unermüdlich für die freilebenden Katzen ein.

Michael M.

Michael M. hat es in einigen Städten erreicht dass jede Katze vom Besitzer gechippt und kastriert werden muss. Der Katzenschutzbund e.V. Osnabrück kümmert sich intensiv um die freilebenden Katzen, mit Futterstellen und Tierarztbesuchen bei Bedarf.

Hinzu kann ich sagen, dass diese Freundschaft auch im privaten Bereich mit bedingungslosem Vertrauen, Verbundenheit und Respekt besteht.

Ich wollte unbedingt nach Indien. Für mich ein langgehegter Traum. Als Kind hatte ich Indien einmal in einem Kinofilm gesehen, und die Landschaft, Menschen und die Musik waren für mich fantastisch. So flogen wir nach Sri Lanka, und wir beide badeten im Indischen Ozean. besuchten das Elefanten Waisenhaus und die Schildkröten Farm wo das folgende Foto entstand:

Werner 1996 Schildkrötenfarm in Sri Lanka

Natürlich waren wir nicht nur im Verein aktiv, sondern besorgten uns auch ein Theaterabonnement und besuchten somit oft das Osnabrücker Theater ebenso wie weitere kulturelle Veranstaltungen der Stadt. Wir legten uns einen Kleingarten an oder fuhren einfach mal übers Wochenende in ein Wellness-Hotel. Mein Mann liebte das Wasser und war immer wieder selig, wenn er sich in einem Swimmingpool oder in der Wanne mit vielen Düsen an der Seite sanft massieren lassen konnte. Ich gönnte ihm das Vergnügen, hatte er doch als Fleischer und Schlachter viel Knochenarbeit verrichten müssen. Am Anfang wollte er auch den Kleingarten nicht, aber als er jeden Sonntag mit frischen Brötchen dort sein Frühstück einnehmen konnte, begleitet vom Zwitschern der Vögel, da war es um ihn geschehen. Er genoss die Ruhe und die Natur.

Unser 10. Hochzeitstag 8.8.1998.

Eines Sonntags im Frühjahr 2003 beim Kaffeetrinken fragte ich Werner, ob er mit mir zusammen das Rauchen aufgeben würde. Diese ewigen Renovierungsarbeiten, das viele Geld für Zigaretten und sein ständiges Husten nervten mich zusehends. Er fragte mich, wie ich mir das vorstellte, und daraufhin erläuterte ich ihm meinen Plan. Im Sommer 2003 wollten wir im Urlaub auf die Insel Fehrmann fahren. Bevor wir in den Zug einstiegen, wollte ich die letzte Zigarette vor dem Bahnhof Osnabrück mit ihm zusammen rauchen. Ich sagte ihm, dass wir als Raucher in den Urlaub gehen und nach vierzehn Tage als Nichtraucher nach Osnabrück zurückkommen würden. Bis zum

Urlaub hatten wir noch einige Monate vor uns, und ich war mir nicht sicher, ob mein Plan aufgehen würde! Im Urlaub machte sich der Tabakentzug bei mir und auch bei meinem Mann bemerkbar: die ersten Tage waren wir sehr gereizt und wurden immer nervöser. Doch das legte sich dann von Tag zu Tag mehr. Der Plan funktionierte also, und wir beide waren stolz auf diesen Erfolg.

Sein Husten ging leider nicht weg, und sein behandelnder Arzt schrieb ihn immer wieder krank. Eines Tages war er wohl in der Arztpraxis zusammengebrochen und wurde in ein Krankenhaus eingeliefert.

Nach dem Röntgen der Lunge - im Jahr 2006 - bekam er die Diagnose: Krebs. Als er sich von der Chemotherapie etwas erholte hatte, unternahmen wir viele Freizeitaktivitäten, die ihm viel Freude bereiteten. Es wurde ihm auch eine Kur ans geliebte Wasser auf der Insel Norderney bewilligt. Er schrieb mir Liebesbriefe und das nach 25 Jahre Zusammenleben, mit einer Ehezeit von 20 Jahren.

Er schrieb auch immer wieder, wie gut er sich fühle. Nicht eine Minute hörte ich ihn jammern, im Gegenteil, wenn ich mal äußerte, dass mit dieser Krankheit nicht zu spaßen sei, meinte er nur lachend: „Ach Schnecke, mich hast du noch viele Jahre!" Wir sind dann nach seiner Kur für ein paar Tage nach Berlin gefahren, um seine Geschwister wiederzusehen.

Es war ein Abschied für immer. Anschließend ging es ihm sehr schlecht; er hustete Blut, sodass er um eine Krankenhauseinweisung nicht herum kam. Sein Schulkamerad Bernd, befreundet seit der ersten Klasse, kam aus Berlin mit seiner Frau Monika, um Werner im Krankenhaus zu besuchen. An diesem Besuchstag sah Werner sehr schlecht aus. Ich sagte zu meinem Mann, „Werner, heute siehst Du sehr schlecht aus, aber das ist ja kein Wunder, denn Dein Immunsystem ist zur Zeit im ‚Keller'". Nach einer Weile blitzten seine Augen, und er röchelte, „nun, dann weiß ich ja, wo ich suchen soll." Wir alle schauten uns verdutzt an, und Werner sagte auf meine Frage, wo er etwas suchen will: „Im Keller, das Immunsystem!" Über diese Antwort konnte er ein Schmunzeln nicht verbergen. Schulfreund, Ehefrau und ich kicherten vor uns hin. Aber das war mein Mann Werner: selbst im Krankenbett noch zum Scherzen aufgelegt.

Im Krankenhaus von Osnabrück war er insgesamt sechs Wochen, dann verlegten ihn die behandelnden Ärzte in ein Osnabrücker Hospiz. Am Tag der Einweisung ins Hospiz war ich dabei, und es tat mir in der Seele weh, ihn so hilflos zu erleben. Ein Mensch, der einem anderen Menschen nie etwas zuleide getan hatte, der seinen Beruf liebte und so gern noch dieses und jenes hätte erleben wollen! Nach nur zehn Stunden im Hospiz von Osnabrück schlief er am selben Tag für immer ein. Als der Anruf mich zu Hause um zehn Uhr nachts erreichte, waren meine Knie wie aus Watte, und ich hatte Glück, in der Nähe des Bettes zu stehen, sonst wäre ich auf dem Fußboden gelandet.

Ich trug meinen Mann Werner nach insgesamt fünfundzwanzig Jahren des Zusammenseins *in guten wie in schlechten Zeiten* - aber immer mit viel Liebe und Verbundenheit - zu Grabe. Er wollte keine Erdbestattung, und ich werde auch keine bekommen. Er hatte sich noch zu seinen Lebzeiten für eine halbanonyme Urnen-bestattung mit einem Namensschild auf der Rasenfläche entschieden. Ich habe nach meinen Willen für mein Ableben eine volle anonyme Urnenbestattung festgesetzt.

Da wir in Osnabrück wohnten, ohne Familie usw. hatten wir Kontakt zu einem Beerdigungsinstitut aufgenommen, um für den Fall vorzusorgen, dass der Ernstfall eintritt und einer von uns beiden durch einen Unfall oder Ähnliches für immer einschläft.

Als wir den Vorvertrag bei einem Beerdigungsinstitut in Osnabrück vereinbarten, fing mein Mann leise an zu kichern. Mir war klar, dass jetzt ein Witz kommen würde, und richtig, er erzählte, wie ein Ehepaar die gleiche Absicht gehabt hatte wie wir, das hieß, für den Ernstfall vorzusorgen und eine Beerdigung für den Tag X vorzubereiten. Der Bestattungs-unternehmer fragte dabei die Anwesenden, welche Kleidung sie im Sarg tragen wollten. Beide sagten sie, dass es ein weißes Todeshemd sein sollte, und der Mann äußerte außerdem den Wunsch, dass es bügelfrei sein müsste!

Wie kam ich als Witwe zur Ausübung eines Ehrenamtes? Das war so!

Als wir beide – mein Mann und ich - so um 1993 in Osnabrück durch die Straßen schlenderten, wurden wir beide schon stutzig über die auf der Straße sitzenden Menschen. Als DDR-Bürger kannten wir das nicht. So landete manches Geldstück in einer Mütze. Mein Mann und ich konnten es nicht verstehen, warum die Menschen betteln mussten. Aus der Nachbarschaft und auch aus dem Kollegenkreis bekamen wir zur Antwort, diese Bettler hätten keine Lust zu arbeiten und verdienten sich so ihr Geld für Alkohol, Drogen oder Zigaretten. Mit dieser Auskunft gab ich mich nie zufrieden und versuchte, mich intensiver mit diesem Thema zu beschäftigen. Berichte im Fernsehen oder aus der Zeitung regten mich immer wieder zum Nachdenken an. Und ich ertappte mich dabei, wie ich mir die sitzenden Menschen auf der Straße näher ansah. Ich blickte in ihre Gesichter, und ich konnte traurige, dankende aber auch resignierte Augen sehen. Diese Augen, zusammen mit ihren Mienen sprachen auch ihre eigene Sprache, die ich verstand. In den Gesichtern konnte ich die Hoffnungslosigkeit, den Hunger, aber auch die Not erkennen, die Not ihrer Sucht – denn wer einmal in den Teufelskreis geraten ist, die Hoffnungslosigkeit mit Sucht zu bekämpfen, der weiß, was ich meine. Ein normaler Mensch findet nur schwer ein Verständnis für die Notleidenden, wenn der Bettelnde der Sucht verfallen ist.

Bei uns, in der ehemaligen Deutschen Demokratischen Republik, gab

es auch Not – und die Not wurde auch mit der Sucht bekämpft.
Auch dort gab es Alkohol- und Tabletten-abhängige. Ich selbst habe
oft im Winter frieren müssen oder konnte mir fünf Tage vor dem
nächsten Gehalt als Verkäuferin nur noch wenige Lebensmittel kaufen. Wir hatten in der DDR alle Arbeit, aber das verdiente Geld
reichte oft nicht vor und nicht zurück.

Ich hatte eine Verwandte im Westen, meine Tante Elisabeth (Schwester meines Vaters), und sie versorgte mich alle paar Monate mit ab-
gelegter Kleidung und anderen Notwendigkeiten, mitunter auch
Köstlichkeiten, bis sie 1979 verstarb.

Tante Elisabeth, die Schwester meines Vaters, 1973

Bevor sie von dieser Welt ging, hatte sich mein Lebensstandard
schon etwas erhöht; ich verdiente als Verkaufsstellenleiterin so viel
Geld, dass ich zuletzt meinerseits ihr so manches Paket schicken
konnte.

Aber das wollte ich eigentlich nicht so breit erzählen, mir ging es nur darum, aufzuzeigen, dass ich selbst Nutznießerin von Mitgefühl und Hilfe gewesen war. Eigentlich wollte ich berichten, wie ich zu dieser ehrenamtlichen Tätigkeit gekommen bin.

Eines Tages traf ich zum ersten Mal einen Verkäufer der Straßenzeitung *Abseits*, und mein Gedanke war sofort, dass das aber eine tolle Idee war und dass so die Spaziergänger auf diese Art und Weise nachlesen konnten, was und wie die Menschen in dieses Abseits getrieben wurden. Wenn in dieser Zeitung zu lesen stand, dass warme Sachen gesucht wurden, spurtete ich zum Kleiderschrank und nahm so manchen warmen Pulli vom Kleiderstapel. Meinem Mann erzählte ich dann, der Pulli sei ihm doch viel zu klein, diese warmen Socken wären oben im Gummi etwas ausgeleiert oder diese scheußliche Cordhose trüge er doch sowie so nicht mehr.

So gaben wir immer wieder Kleidung ab. Die Zeitung *Abseits* kaufte ich fast regelmäßig und war über so manches Schicksal entsetzt.

Irgendwann einmal erschien zur Winterzeit der Aufruf: Ehrenamtliche Helfer für die Wochenenden gesucht! Schon damals hätte ich gern mitgeholfen, doch ich hatte Arbeit und benötigte meine Freizeit zur Erholung. Aber diesen Aufruf gab es nicht nur einmal, sondern er wurde in jedem Winter wiederholt.

Teil 5

Als ich 2005 die Arbeitsstelle als Betreuerin im Altenheim antrat, wusste ich nicht viel über die Krankheiten Alzheimer und Demenz. Doch im Laufe meiner Tätigkeit und im Umgang mit diesen kranken Menschen änderte sich mein Bild davon. Die zu betreuenden alten Menschen, Frauen wie Männer, betrachtete ich ganz anders als am Anfang. Vorher hatte ich es nicht wahrhaben wollen, dass diese Krankheiten die Menschen in so eine Situation versetzen können.

Gut, dass *diese Krankheiten* und diese Menschen heutzutage anders behandelt werden als früher.

In einer abgetrennten Station des Altenheims wohnten diejenigen Patienten, die ohne eine Betreuung rund um die Uhr nicht mehr zurechtkamen. Öffnete man die schwere Tür, welche die Station abtrennte und gleichzeitig sicherte, über einen Knopfdruck oder die technisch absichtlich schwergängig gemachte Klinke, zeigte sich ein Rundgang, der nicht enden wollte. Rechts vom Gang waren die einzelnen Zimmer angelegt, und links gab es einen kleinen Innenhof. Um diesen Innenhof herum erstreckte sich der Gang, von der Decke bis zum Erdboden mit einer riesigen Glasscheibe versehen. So manches Mal bin ich mit einer unruhigen Bewohnerin diesen Rundgang gelaufen. Die alte Dame selbst hatte nie bemerkt, dass der Gang keinen Anfang und kein Ende hatte; für die orientierungslosen Menschen ergab sich so die Illusion einer uneingeschränkten Beweglichkeit. Auf dieser Station befand sich unter anderem ein großer Raum, der als Tagesraum diente, und in diesem häuslich eingerichteten Raum befanden sich auch ein Radio, ein CD-Spieler und ein Fernseher. Aus diesem Tagesraum führte über einen Wintergarten ein Weg zum angrenzenden Garten heraus, der eingezäunt war. Der Garten wurde der „Garten der Sinne" genannt. Wir Betreuer pflanzten unter anderem Kräuter und Blumen an, um die noch vorhandenen Sinne der kranken Menschen zu erhalten. In der warmen Jahreszeit begleiteten wir die alten Menschen in den Garten und spielten Ball oder sangen Volkslieder.

Als ich damals die Arbeitsstelle bekam, hatte ich kein bisschen Ahnung von den Widrigkeiten, mit denen die Betreuer der Kranken konfrontiert waren. Die Krankheit fängt mit einem Vergessen an und endet in einer Hilflosigkeit, die eine Betreuung rund um die Uhr unerlässlich macht.

Die Krankheit kann jeden treffen, egal, ob man Arbeiter, Angestellter oder Arzt, Professor oder Nobelpreisträger ist. Meine Kollegen und ich hatten die Aufgabe, die alten Menschen zu betreuen. Das heißt, wir achteten darauf, dass sie das Trinken nicht vergaßen und halfen ihnen, Nahrung zu sich zu nehmen. Während der Mahlzeiten fiel mir immer wieder auf, wie gut die kranken Menschen noch mit Messer und Gabel essen konnten. Natürlich nur bis zu einem gewissen Stadium, irgendwann brauchten sie dann doch intensivere Hilfe bei der Nahrungsaufnahme. Irgendwann kam dann der Tag, an dem sie den Mund nicht mehr öffnen konnten, einfach, weil sie nicht mehr wussten, dass zum Essen der Mund aufgemacht werden muss, um Nahrung zu sich nehmen zu können! Ich betreute auch eine Zahnärztin, die verlernt hatte zu schlucken. Mit Mühe konnte ich ihr zwei Esslöffel Suppe anreichen.

Als ich neu war, musste ich erst einmal diese Situationen verstehen lernen. Vor mir saßen alte Menschen, die ihr Leben lang selbstständig gegessen hatten und nun nicht mehr wussten, was zu tun war, um Nahrung aufzunehmen. Und das war nicht nur mit dem Essen so. Es ging noch mehr verloren als das Wissen um die *Technik* des Essens.

Einer vergaß, wie man läuft, ein anderer verlor die Fähigkeit zu sprechen. Letzteres gestaltete sich für mich manchmal grausam. Ein Kranker, der noch in der Woche zuvor in der Lage war, sich mit mir zu unterhalten, der verstand, was ihm von mir berichtet wurde, war plötzlich gewissermaßen schwerhörig, weil er den Sinn einzelner, einfacher Wörter nicht mehr abrufen konnte. Wenn ich manchmal nach drei Tagen Freizeit wieder meinen Dienst antrat, war während dieser kurzen Zeit aus einem vorher noch beweglichen Menschen jemand geworden, der im Rollstuhl saß und geschoben werden musste, einfach weil er nicht mehr wusste, dass er nur hätte gehen müssen, um sich vorwärts bewegen zu können.

In diesem Altenheim fiel es mir angenehm auf, dass man mit den Mahlzeiten die kranken Menschen sehr verwöhnte. Die Küche versuchte alles, um den Menschen jeglichen Wunsch zu erfüllen. Das Essen war sehr vielseitig, reichhaltig und liebevoll zubereitet. Und das alles sehr individuell auf die Wünsche der einzelnen Person abgestimmt! Wenn die Angehörigen berichteten, ihre Mütter oder Väter äßen gerne Jagdwurst, Joghurt oder Haferschleimsuppe, dann wurden von der Küche aus diese Wünsche erfüllt. Selbst für das Mittagsmahl hatten die Bewohner – ihren Wünschen entsprechend – verschiedene Wahlmöglichkeiten.

Die Zeit zwischen dem Ende des Mittagsnickerchens und des Abendbrots wurde von uns Betreuern unter anderem mit Aktivitäten gefüllt.

Es wurden Geschichten oder Gedichte vorgelesen, Mensch-ärgere-Dich-nicht gespielt, zu Musik getanzt oder auch gymnastische Übungen abgehalten. Oft wurde gesungen, denn die Texte alter Volkslieder oder die der Schlager aus der Jugendzeit der Kranken waren häufig bis zum Schluss in ihrem Gedächtnis bewahrt.

Weihnachtslieder, Frühjahrs- oder Wanderlieder sangen wir zu den entsprechenden Jahreszeiten. Der Tagesraum wurde dazu von uns und auch teilweise von den Bewohnern liebevoll entsprechend der Jahreszeit geschmückt. An die Vorweihnachts- oder auch an die Osterzeit kann ich mich noch sehr gut erinnern. Auf die Tische konnte keine Dekoration gestellt werden, weil die Bewohner alles in den Mund steckten oder vom Tisch fegten. Eine kleine Vase mit Blumen jedoch akzeptierten sie. Um zum Beispiel weihnachtliche Stimmung zu erzeugen, wurden die Fenster intensiv geschmückt. Einige Angehörige nahmen auch regelmäßig an unseren Aktivitäten teil. Ich kann mich an eine Tochter erinnern, die immer lautstark mitsang, und an eine andere Tochter, die mit ihrer Flöte die Lieder begleitete.

Einmal im Monat wurden die Alzheimerkranken von einem ehrenamtlichen Helfer mit seinem Hund besucht. Ein ruhiges Tier war das; die alten Menschen hatten große Freude daran, das Fell des Tieres zu kraulen. Unter den alten Menschen war dann immer wieder eine gewisse freudige Erregung zu spüren und zu sehen. Manche Bewohner hatten Angst, dann trennten wir diese Bewohner vom Tier.

Manchmal stritten sich die Kranken. Diesen Streit zwischen den alten Menschen waren wir bestrebt, zu vermeiden und zu schlichten. Es war nicht immer einfach. Schwierig war es auch, die Patienten von ihren fixen Ideen abzuhalten. Beispielsweise litt eine Mittachtzigerin an der Vorstellung, sie müsse nach Hause, um für ihren von der Arbeit heimkehrenden Vater das Essen zu kochen. Dann gab es eine Patientin, die glaubte, sie befände sich im Bus, sie wollte ständig aussteigen.

Schlimm war auch das Leiden einer anderen Kranken, die in der Vorstellung lebte, sie müsse ständig ihre Notdurft verrichten. Obwohl sie gerade von der Toilette kam, meinte sie, es drücke immer noch – ihr organisch erkranktes Gehirn meldete unausgesetzt einen Harndrang. Wir mussten aber auch manchmal flüchten, wenn die kranken Menschen zu aggressiv wurden. Ich kann mich an einen Bewohner erinnern – irgendetwas hatte er gegen mich, keiner wusste Rat, der versuchte, mich jedes Mal zu schlagen, wenn er mich sah. Er lief oft hinter mir her und bedrohte mich, und ich hatte dann nur eine Chance, ihn müde zu machen, indem ich durch den Rundgang lief. Und ich kann versichern, kranke Menschen haben Kraft. So manche Pflege-kraft hatte dann und wann mit Kratzwunden oder blauen Flecken zu tun.

Im Großen und Ganzen waren die zwei Jahre im Altenheim eine gute Zeit. Ich habe viel gelernt, und es hat mich immer wieder glücklich gemacht, wenn über die Gesichter der alten kranken Menschen ein Lächeln huschte. Oder wenn sich der zahnlose Mund zu einem La-chen öffnete. Während meiner Tätigkeit habe ich aber auch in den Beruf des Altenpflegers einen intensiven Einblick bekommen und betrachte ihn heutzutage deshalb mit größter Hochachtung.

Am 19. September 2007 war mein letzter Arbeitstag. Da ich als 1949er Jahrgang die Altersrente schon mit 60 Jahren (wenn auch mit Abzü-gen) beantragen konnte, nutzte ich diese Gelegenheit. Mein Arbeits-leben war damit nach sechsundvierzig Berufsjahren und drei Jahren der Arbeitssuche beendet. Meine Altersrente und das mietfreie Wohnen machten es mir möglich, ein paar Monate vom Rentengeld meines Mannes zu leben, und zusätzlich hatte ich noch das Spargeld. Ich war aber auch müde und ausgelaugt nach dem Leben in der DDR und den neuen Aufgaben im Westteil Deutschlands. Im West-teil hatte ich fünfzehn Jahre gearbeitet als Verkäuferin, Verkaufsstel-lenleiterin (im Westen nannte man es "Erste Verkäuferin"), schließ-lich noch im Altersheim als Betreuerin für an Demenz erkrankte Be-wohner. Die letztgenannte Tätigkeit war für mich völlig neu und in-teressant. Nun war ich aus dem Berufsleben entlassen und bezog meine Rente.

Anfang Oktober 2008 schickte ich Thomas Kater, einem Sozialarbei-ter, der nebenbei Chefredakteur der Zeitschrift *Abseits!?* war, eine Mail, um nachzufragen, ob er immer noch ehrenamtliche Helfer für die Tageswohnung der wohnungslosen Menschen in Osnabrück suchte. Er bejahte meine Anfrage und lud mich zu einem Gespräch ein. Einige Tage später sprach ich den *Abseits!?*-Verkäufer Erwin an

66

(bei ihm hatte sehr oft meine Zeitung gekauft), wie ich zur Tageswohnung käme und mit welchem Bus ich fahren müsste.

Erwin gab mir bereitwillig Auskunft. Dann nahte der Termin mit Thomas Kater, und ich war schon etwas aufgeregt. Thomas Kater unterbreitete mir den Vorschlag, ich möge mich an der Redaktionsarbeit der *Abseits!?*-Zeitung beteiligen. Aber zuvor würde er mich gern zu einem Ausflug nach Cuxhaven einladen. Hier hätte ich gleich die Gelegenheit, die Helfer und die Besucher der Tageswohnung kennenzulernen.

Ich war ziemlich perplex…, noch keinen Handschlag getan und gleich an einem Tagesausflug teilnehmen! Irgendwie war es mir peinlich, doch die Neugierde siegte.

Am 08.Oktober 2008 stand ich das erste Mal in der Tageswohnung, und ich kam mir ziemlich hilflos vor. Zu mir gesellte sich ein Mann, der sich auch etwas verloren vorkam. Ich sprach ihn einfach an und fragte ihn, ob er sich hier auskenne. Er verneinte und sagte mir, er habe sich als Helfer gemeldet und sei zum Tagesausflug eingeladen worden, sein Name sei Dirk.

Rückblickend möchte ich sagen, ich habe es nie bereut, dass ich mich als Helferin für die Tageswohnung gemeldet hatte. Und Dirk wurde zu einer tragenden Säule der Redaktion, der sich dazu noch als unglaublich netter Mensch erwies.

Wenn ich dann die Stufen zur Tageswohnung hochschritt, ging ich den Weg immer gern. Ich freute mich über das Lächeln der Besucher der Tageswohnung, über ihr herzliches „Guten Morgen, Gisela" … und ihre meistgestellte Frage: „Bist du heute in der Kleiderkammer …, kann ich nachher mal kommen, um zu schauen?" Sie alle kamen gern zu mir in diesen kleinen, vollgestopften Kellerraum, weil ich hier meine Kenntnisse aus einer vierzigjährigen Berufserfahrung als Einzelhandelsverkäuferin einfließen lassen konnte. Mit routiniertem

Kennerblick konnte ich Konfektions- und Schuhgrößen sehr leicht erkennen. Wenn dann die Jeans, der Pulli oder die Jacke gut saßen, ermutige ich oft die Besucher, diese Kleidungsstücke weiter zu tragen.

Für mich war und ist es sehr schön, anderen Menschen eine Freude zu bereiten. Ich möchte aber auch den vielen Menschen danken, die so manches Kleidungsstück bei uns abgaben. Es gab aber auch Momente, in denen ich mich über die Gedankenlosigkeit der Menschen ärgerte. Verdreckte, übelriechende und zerrissene Kleidung möchten auch Menschen, die wenig besitzen, nicht anziehen. Obdachlose oder sozialschwache Menschen haben keine Waschmaschine, keine Nähmaschine und auch kein Bügeleisen parat, um die Kleidung wieder tragfähig herzurichten.

Wenn ich Kleidung aus den Säcken und Kartons auspackte und dann Ballkleider, Smokings oder Dirndl oder auch Stöckelschuhe fand, eben edlere Garderobe, dann dachte ich mir meinen Teil und stellte mir dann einen bettelnden Menschen oder eine Obdachlose in dieser Kleidung vor. Es gab aber auch Momente, in denen meine Gedanken mit einer großen Zuneigung zu Menschen schweiften, die ich gar nicht kannte. Wenn sich zum Beispiel einige Damen vom Strickklub bemühten, zur kalten Jahreszeit fleißig warme Socken und Schals fertigzustellen.

Einmal packte ich aus einer kleinen Tüte einen hellblauen warmen Winterpulli für Damen aus. An diesem Pulli war mit einer Sicherheitsnadel ein kleiner Zettel befestigt, auf dem stand: „Wer immer diesen Pullover trägt, er möge ihn wärmen."

Ab und an arbeitete ich auch in der Tageswohnung in der Küche und später in der Redaktion der Straßenzeitung *Abseits!?* in Osnabrück mit. Dieses Ehrenamt führte ich gut vier Jahre lang durch.

Mein Mann war tot, ich war Rentnerin, bekleidete dieses Ehrenamt in der Tageswohnung Osnabrücks, versorgte den Kleingarten und lebte in meiner Dreizimmerwohnung mit Blick über die Stadt Osnabrück.

Im November 2008 lernte ich einen Mann kennen, und verliebte mich in ihn. Zu diesem Zeitpunkt war er arbeitslos und 9 Jahre jünger als ich. Es machte mir nichts aus, weil er optisch 15 Jahre älter aussah, als er ist. Ich hing an seinen Lippen, wenn er den Mund aufmachte. Er hatte in Bielefeld 13 Jahre lang das Fach Volkswirtschaft studiert (ohne Abschluss), die Wochenenden und die Semesterferien hatte er immer in Bramsche bei seinen Eltern verbracht. Er verfügte über eine Wortwahl und einen Wortschatz, der mich sehr beeindruckte. Hinzu kam: Er war so groß wie mein Papa und hatte eine ähnliche Figur. Wir hatten all die Jahre die gleiche Vorstellung einer Freizeit Gestaltung in Form von kulturellen Dingen wie Kino, Theater, Tagesfahrten und Gesellschaftsspielen. Er führte mich in seine Familie ein. Anfangs bekam ich zur Begrüßung ein Lächeln geschenkt, Monate später nicht mehr. Man gab mir zur Begrüßung oder zur Verabschiedung später nicht mehr die Hand. Gegenseitig drückte und herzte man sich, ich war für die Familie --Luft--. Er wohnte bei seinen Eltern in einem Einfamilienhaus, sehr beengt in zwei kleinen Zimmern der oberen Etage. Er war zu diesem Zeitpunkt 50 Jahre alt, war nie verheiratet oder verlobt gewesen, hatte auch keine Kinder. Er hatte immer mit seinen Eltern in diesem Einfamilienhaus zusammengelebt.

Als ich seine kleinen Zimmer im Vergleich zu den anderen Zimmern im Haus sah, war ich entsetzt. Seine Zimmer waren sehr schmutzig und unaufgeräumt, und das wohl über Jahre. Seine Mutter hatte in ihren Räumen auch eine solche Einstellung zur Haushaltsführung. Im ersten Eindruck zeigte sich das Haus aufgeräumt. Im zweiten Blick sah man die Messi-Wirtschaft. Alles Erdenkliche wurde ohne Sinn und Verstand in die Schränke oder in Nebenkammern gestopft. Sollte etwas in die Müll-Tonne kommen, wurde wohl stundenlang überlegt, ob es nicht doch für etwas anderes nutze ist. So manche leere Mülltonne stand für die Stadtwirtschaft bereit. Die Nachbarn sollten sehen, dass auch in diesem Haushalt entsorgt wird. Schon allein für den Schuppen hätte ich einen ganzen Container gebraucht, um ihn zu entkernen. Die Mutter, die diesen Haushalt führte, war völlig überfordert. Später stellte sich heraus, dass mein Freund Wolfgang lieber am PC saß, als sich mit seiner Hilfe im Haushalt oder Garten einzubringen. Er half nur auf Zuruf seiner Eltern. Die Eltern waren zu diesem Zeitpunkt an die achtzig Jahre alt. Ihre Machtkämpfe untereinander erzeugten bei mir so manche schlaflose Nacht. Diese ständigen Spannungen, aber auch das Ignorieren meiner Person seitens seiner Eltern und seines Bruders belasteten mich schwer. Oft blieb er ein Wochenende bei mir in Osnabrück und trug zu meinen Unkosten, Essen und Trinken keinen Pfennig bei. Wir gingen ins Theater, unternahmen Kurzreisen und sogar eine Fahrt nach Berlin. Ich zeigte ihm Berlin innerhalb von 10 Tagen. Sämtliche Ausgaben wie Hotel (kleines Hotel), Theaterkarten und Eintritt zum Museum wurden von mir bezahlt. Einmal im Monat überreichte ich ihm in Osnabrück einen Tankstellengutschein für Benzinkosten. Ich habe ihm sein Gejammer, dass er arm ist, abgenommen und geglaubt. Seine Garderobe war veraltet, und so kaufte ich ihm einige Kleidungsstücke. Als ich später das Haus mit seiner Einrichtung sah, war ich überzeugt, dass er und die Eltern arm sind. Nach einem Jahr ungefähr teilte er mir mit, dass er Hartz IV beantragen müsste, doch er habe 10.000,-€ auf dem Konto. Er müsste erst einmal dieses Geld benutzen. In diesem Zusammenhang hatte ich mit ihm meinen ersten Schock weg. Er ließ es sich von meiner Altersrente und Witwenrente gut gehen, und sogar die Eltern ließen sich von mir mit Aufmerksamkeiten und Blumen erfreuen. Ich fing systematisch an, den Geldhahn zuzudrehen und bestand ab sofort darauf, dass er sich zur Hälfte an den Kosten für die Lebensmittel beteiligte. Das überschnitt sich mit dem bevorstehenden Umzug nach Bramsche.

Eines Tages erhielt ich von einer Rechtsanwältin aus Berlin ein Schreiben, worin ich aufgefordert wurde, sämtliche Vermögensverhältnisse zum Zeitpunkt des Todestags meines Mannes aufzustellen. Obwohl die Stiefkinder erst später - laut Testament - nach meinen Tod meine Erben werden sollten, forderten sie vorab ihr Pflichtteil ein. Die auszuzahlende Summe setzte sich aus dem Wert der Eigentumswohnung und der Höhe des Spargeldes zusammen. Jedes Kind sollte an die 5500,- € erhalten.

Soviel Spargeld hatte ich nachdem Tod meines Mannes Werner nicht, um die Kinder auszuzahlen. Es gab nur eine Lösung zur Auszahlung des Pflichtteils. Die Wohnung verkaufen! Ich beauftragte einen Makler. Da die Wohnung sich auf einem Erbau-Pachtland beᶠand, waren später zwei Notare mit je ca. 2.000,- bis 3.000,-€ zu bezahlen. Der Makler für den Wohnungsverkauf verlangte für seine Leistung an die 3.000,-€, und so ging ein Tausender nach dem anderen weg. Später, als ich den Kredit ablöste, indem ich die Restsumme einzahlte, kamen noch einmal 2.000,-€ dazu, wegen vorzeitiger Tilgung. Fazit: Es war das reinste Verlustgeschäft, und ich musste innerhalb von ein paar Wochen neu anfangen. In der Eigentumswohnung hatten wir uns eine teure Küche geleistet, mit der Absicht, sie bis zum Lebensende zu benutzen. Damals hatte sie einen Wert, der dem Kaufpreis eines neuen Kleinwagens entsprach.

Mein Mann Werner 2005

Mein Freund Wolfgang, mit dem ich mir eine gemeinsame Zukunft vorstellen konnte, lebte von Osnabrück aus gut zwanzig Kilometer entfernt bei seinen Eltern in Bramsche. Auf keinen Fall wollte ich dort in sein Elternhaus mit einziehen, nicht für Geld und gute Worte wäre das mein neues Zuhause, und es kam auch kein Angebot aus dieser Richtung. Nach einigen Monaten kam ich zu der Erkenntnis, dass Wolfgang mit seinem engen Verhältnis zu seiner Mutter wohl ein Muttersöhnchen war. War ich Gast in diesem Haus, erfolgte keine Frage an mich, geschweige denn eine Unterhaltung, wo ich mich hätte mit einbringen können, sondern es wurde zum Beispiel der Terminkalender für die nächsten Tage oder Ähnliches abgesprochen. Als Partnerin wurde ich von den alten Leuten nicht wahrgenommen, was sich später noch stärker bestätigte. Machte ich Wolfgang darauf aufmerksam, beruhigte er mich, indem er sagte, dass er in den nächsten Tagen mit seinen Eltern spricht. Ich war nie bei diesen Gesprächen dabei, und ich hatte auch nie den Eindruck, dass sich etwas ändern wird.

Der Auszug aus meiner Wohnung in Osnabrück stand bevor. Nur wohin?

Schon allein der Gedanke, die Wohnung zu verkaufen, war für mich das Schlimmste, was ich im Rentenalter und als Witwe erleben musste. War sie doch als eine Art Rentenversicherung gedacht. Wir wollten bis zu unserem Lebensende mietfrei wohnen. Noch zu Zeiten unserer Ehe war uns klar, dass wir als Ostdeutsche keine hohen Rentenansprüche zu erwarten hatten. Wir wollten wenigstens ein Dach über dem Kopf, sollte einer von uns für immer einschlafen. Nun sollte diese Sicherheit wegkommen, aber auch der Kleingarten, wo wir glückliche Stunden erlebt hatten und der uns im Rentenalter als Freizeitbeschäftigung dienen sollte. Von vielem musste ich mich vor meinem Umzug nach Bramsche trennen. Nicht nur von Gegenständen, sondern auch von Nachbarn und dem Garten, von ehemaligen Kollegen, dem Katzenschutzbund e. V., vom Ehrenamt für wohnungslose Menschen in Osnabrück und von Freunden.

Eine Wohnung in Wolfgangs Nähe konnte ich mir vorstellen und fand auch eine sehr schöne.

Am Tag der Besichtigung, als ich die Wohnung betrat, schoss mir sofort der Gedanke in meinen Kopf, diese Wohnung muss ich haben. Die Wohnung hat zwei Zimmer, Küche, Bad, Flur und einen Balkon. Vom Balkon und Wohnzimmerfenster kann ich in die Natur schauen mit vielen Bäumen und dem Fluss Die „Hase". Ein kleiner Fluss, der durch Osnabrück und Bramsche fließt. Hinzu kommt noch ein Vorteil für mich ohne Auto, nämlich, dass die Wohnung in der Mitte dieser Kleinstadt liegt. Der längste Weg für mich, und das zu Fuß, ist der zum Bahnhof. Dazu benötige ich 15 Gehminuten. Nun musste ich noch warten, bis der Zuspruch kam und die bisherige Mieterin auszog.

Als ich mich in Osnabrück für den Umzug vorbereitete, bemerkte ich, wie sich mein Freund immer mehr von mir distanzierte. Ein Treffen mit mir empfand er als nicht mehr notwendig, und so stand ich mit meinen Umzugskisten allein auf weiter Flur. Zu dieser Zeit musste ich allein entscheiden, was in den Müll konnte und was ich mitnehmen wollte. Aber ich musste nicht nur die Wohnung auflösen, auch der Kleingarten in Osnabrück musste geräumt werden. Mein neuer Wohnort war Bramsche. Von Bramsche aus zum Kleingarten zu gelangen (ohne Auto), war sehr zeitaufwendig und umständlich. In Bramsche nahe Osnabrück angekommen, bemerkte ich immer mehr, wie mein Freund eine immer größer werdende Distanz zu mir aufbaute. Er hatte nur noch wenig Zeit für mich und war mir nach meinem Einzug nur sehr selten eine Hilfe. Stattdessen beschäftigte er sich lieber weiter mit seinem PC und verbrachte viel Zeit mit seinem Neffen, der auch leidenschaftlich gern am PC spielte. Seine Eltern wurden mir gegenüber auch immer distanzierter, und ich fing an, meinen Umzug in diese Kleinstadt zu bereuen.

Ich saß in der Falle und doch wollte ich die Zähne zusammenbeißen, hoffte weiterhin auf eine Zukunft mit meinem Freund Wolfgang.

Als ich einmal bei Wolfgang übernachtete (wir schliefen dort immer getrennt), benutzte ich seinen PC, weil ich nicht einschlafen konnte. Irgendetwas trieb mich zum PC, und dort musste ich überrascht feststellen, dass er über viele Frauenbekanntschaften verfügte und mit ihnen in regem Schriftwechsel stand. Er war zu diesem Zeitpunkt auf verschiedenen Partnerbörsen angemeldet auf der Suche nach einer neuen Bekanntschaft. Ich überlegte, ob ich gleich oder doch erst später in Ohnmacht fallen sollte. Er war erbost, dass ich diese Entdeckung machte und stellte das als einen Vertrauensbruch dar. Für mich war das kein Vertrauensbruch, weil er uneingeschränkt, und das über Jahre, an meinem PC hantierte und weil wir schon das vierte Jahr ein Paar waren. Nach meiner Meinung hatte ich das Recht, zu schauen, was er so in seiner Freizeit trieb.

Als ich mit Wolfgang mehr als ein Jahr zusammen gewesen war, hatte ich ihn gefragt, ob er sich mit mir eine Wochenendbeziehung vorstellen und leben könnte. Er sollte sich in der Woche weiter um seine Eltern/Familie kümmern, so war meine Vorstellung, dass wir eine Art Fernbeziehung leben würden, mit drei km. Entfernung. Wolfgang erzählte mir, und ich erlebte es auch persönlich, dass die Eltern, vor allem die Mutter, Theater machten, sobald sie die gepackte Tasche für das Wochenende sahen. Es gab auch Situationen, wo ein Anruf erfolgte, dass er sofort nach Hause kommen sollte, weil aus heiterem Himmel Familienmitglieder vor der Tür standen und Wolfgang als Gesellschafter gebraucht wurde. Diese Einmischung von Seiten seiner Eltern hielt er ungefähr sechs Monate aus. Irgendwann erfolgte seine Bemerkung zwischen Tür und Angel, er könne und werde nicht mehr so oft kommen. Nicht mehr und nicht weniger kam über seine Lippen. Nur diese wenigen Worte, und das nach vier Jahren, ich war fassungslos und schockiert über diese Art und Weise, mit einem Menschen umzugehen. Ich fand mich in einer schwarzen tiefen Grube wieder.

In derselben Nacht habe ich mich in ein Krankenhaus für Psychiatrie und Psychotherapie einweisen lassen.

Meinen langjährigen Freund Michael M. vom Katzenschutzbund e.V. Osnabrück hatte ich in der Nacht angerufen und ihm vom meinem aktuellen Zustand erzählt. Nach gut 30 Minuten stand er vor meiner Wohnungstür und begleitete mich zum "AMEOS" Klinikum in Osnabrück. Im Krankenhaus nutzte ich die vielen Wochen, um über meine Zukunft nachzudenken. Fakt war, ich hatte in den letzten fünf Jahren alles verloren, was ich mir mit meinem verstorbenen Mann zusammen angeschafft und aufgebaut hatte.

Ich fühlte mich allein, und mein Hilfeschrei richtete sich an Wolfgangs Familie, doch diese wandte sich immer mehr von mir ab und würdigte mich selten eines Blickes. Einem Gespräch ging man strikt aus dem Wege, und mein Freund Wolfgang hatte für meine Situation kein Verständnis. Sein Vater erklärte sogar einmal, dass ich ja auch gehen könne, wenn mir etwas nicht passen würde. Von diesem Augenblick an war mir zum wiederholten Male bewusst, dass ich in eine Falle getappt war. Erfolgten Angriffe auf meine Person, stand Wolfgang nur mit offenem Mund neben mir und schwieg. Zu irgendwelchen Familienfeierlichkeiten wurde ich nicht mehr eingeladen, und als der Vater verstarb, wurde es noch schlimmer. Wolfgang hatte keine Zeit mehr für mich, weil er als Gegenleistung für das mietfreie Wohnen im Haus seiner Eltern die Mutter hierhin und dorthin mit dem Auto fahren, ihr Gesellschaft leisten und sich um Haushalt und Garten kümmern musste. Seine Mutter nutzte jede Gelegenheit, mir zu zeigen, dass ich unerwünscht war. Einmal sagte sie sogar zu mir: "Es ist besser, wenn du vom Grundstück gehst und das für immer!" Wolfgang stand wieder nur daneben und sagte kein Wort dazu! Das tat sehr weh, und ich fühlte mich mehr denn je abgelehnt.

Das mit Wolfgang hatte sich langsam in eine Negativzone verwandelt, und er erzählte mir nach gut zwei Jahren, dass er sich in einer Therapie befand. Die Diagnose der Therapeutin war: Narzisstische Persönlichkeitsstörung Davon hatte ich noch niemals in meinem Leben gehört. Narzissten, wie sie sind und wie sie handeln, das war für mich Neuland. Doch ich habe so ein Verhalten über Jahre hautnah erlebt. Aus heutiger Sicht würde ich sagen, dass auch seine Mutter eine Narzisstische Störung hat. Die Mutter ertappte ich beim "Lügen", dass sich die Balken bogen. und sie konnte wie Wolfgang standhaft dieses und jenes abstreiten.

Zu diesem Thema ein gegoogelter Ausschnitt aus Wikipedia:

Narzissten!

Sie spielen mit der Wahrheit: Sie manipulieren, täuschen und lügen. Im Laufe der Zeit sind die Gesprächspartner nicht nur verwirrt, sondern regelrecht frustriert, weil der Narzisst versucht, ihr gesamtes Weltbild auf den Kopf zu stellen, und eine regelrechte Gehirnwäsche vornimmt. Außerdem haben Betroffene immer das Gefühl, nicht zu ihm durchdringen und mit den eigenen Argumenten überzeugen zu können. Was immer man auch sagt, es kommt wie ein Bumerang zurück. Der Narzisst bezichtigt den anderen der Lüge, Unkenntnis, Verwechslung oder einfach nur der Dummheit. Auf jeden Fall sind die Äußerungen der Gegenseite so nicht hinnehmbar und müssen vom Narzissten oberlehrerhaft korrigiert werden und der Narzisst streitet alles ab.

Trotz aller Probleme, die sich aus seinem Verhalten mir gegenüber entwickelten, machte Wolfgang mir weiterhin Hoffnung auf eine gemeinsame Zukunft. Hier in meiner neuen Wohnung sah es noch nach Wochen schlimm aus. Als ich ihn einmal fragte, wie es mit uns weiter gehen solle, meinte er, schaff' dir erst einmal einen Kühlschrank an, und dann sehen wir weiter. Später in einem Telefongespräch ertönten die Alarmglocken immer lauter und kräftiger. Als ich ihn fragte, wann er anfangen würde, für uns ein Nest zu bauen, reagierte er mit einem Lachanfall. Damals hatte ich mir vorstellen können, ein Zimmer -Gästezimmer- in der obere Etage des Hauses zu nutzen, aber er lachte über meine ernst gemeinte Frage.

Diese beiden Bemerkungen von ihm trafen mich heftig. Die Alarmglocken waren nicht zu überhören. Ich fühlte mich immer mehr benutzt und ausgenutzt.

Ich fragte mich: was nun? Noch einmal umzuziehen, war mir finanziell nicht möglich, hatte ich doch schon Verträge für eine neue Küche und auch für Malerarbeiten unterschrieben. Außerdem entschädigte mich die schöne Wohnung für alles, was ich bis zu diesem Zeitpunkt erleben und ertragen musste.

Doch was anfangen mit der vielen Freizeit? Würde ich eines Tages vor Einsamkeit verblöden? Nein! schrie es aus mir heraus, pass' auf dich auf und tu etwas! So meldete ich mich im Kino von Bramsche für eine ehrenamtliche Tätigkeit und in einem "Eine-Welt-Laden" als Verkäuferin an. Beide Tätigkeiten sind sehr abwechslungsreich und machen mir großen Spaß. Nach dem Verkauf an der Theke im Kino habe ich die Gelegenheit, mir anschließend den gerade gezeigten Film anzuschauen. So konnte ich mir im Laufe der Jahre so manchen schönen Film ansehen. Hier in diesem Ort hatte ich meine Hilfe für eine Betreuung im Altenheim angeboten und bemerkte schon nach kurzer Zeit, dass ich dort fest mitarbeiten sollte. Das hieß, dass ich für die Pausenablösungen der verschiedenen Kolleginnen zuständig sein sollte, und das ging mir für eine ehrenamtliche Tätigkeit dann doch etwas zu weit. So half ich in einem anderem Altenheim hier in Bramsche dabei, den Senioren den Nachmittag zu gestalten - wie zum Beispiel die Preise beim Bingo-Spielen zu überreichen, am Singe-Nachmittag mitzumachen oder mich einfach zu den Senioren zu setzen, um mir ihre Sorgen anzuhören.

Teil 6

Ich wohnte nun in Bramsche, und ein Umzug war aus verschiedenen Gründen nicht mehr möglich, die Verluste wären zu groß gewesen. Die vielen Erlebnisse in meinem Leben veranlassten mich, eine Einzeltherapie anzustreben. In Osnabrück hatte ich eine Therapie nach dem Tod meines Mannes bekommen, doch sie hatte mir nur sehr bedingt geholfen. Doch auch die zweite Therapie in Bramsche brachte mich überhaupt nicht weiter. Ich war auch nicht in der Lage, meine Gedanken und Gefühle zu erläutern. Es wurde von der Therapeutin nie ergründet, warum das bei mir so war. Mitten in der Therapie meinte sie einmal, wenn ich das Bedürfnis hätte zu reden, dann sollte ich mich melden, sie unterbräche die Stunden erst einmal. Ich meldete mich wochenlang nicht und eines Tages sah ich, dass an dem Haus, in dem sie ihre Praxis hatte, das Namensschild verschwunden war. Das einzige, was ich aus dieser Therapie 2013/14 mitgenommen habe, war der Gedanke, dies und jenes ohne Begleitung zu unternehmen. Dieser Gedanke reifte in mir heran, und ich setzte ihn auch um, indem ich damit anfing, mich allein in eine Eisdiele zu setzen. War ich in einer anderen Stadt, setzte ich mich in eine Gaststätte und war erstaunt darüber, wie einfach das war. Eines Tages las ich im Internet bei Chatbekanntschaften den Aufruf, wer als Kind in einem Heim untergebracht war, solle sich in Berlin - Adresse war vermerkt - melden. Diesen Aufruf las ich ungefähr 2013/14, und ich brauchte eine Weile, bis mir bewusst wurde, dass ich auch in einem Heim gewesen war und sogar im Jugendwerkhof (JWH). Keinem meiner Freunde, Kollegen oder Ehemänner hatte ich von diesem Aufenthalt erzählt. Ich habe über 50 Jahre diesen Heimaufenthalt verdrängt. Es war zur damaligen Zeit 1964 eine Schande, wenn ein Mädchen im Heim war und dann noch JWH. JWH war die Vorstufe zum Knast. Dieses Unrecht, das mir angetan worden war, wollte ich niemanden erzählen und habe es niemanden erzählt, obwohl ich nichts Unrechtes getan habe. Mit dem Gesetz bin ich nie in

Konflikt gekommen, und doch landete ich in dem JWH.

Ich meldete mich bei der angegebenen Stelle und beantragte dort die angebotene und mir zustehende Entschädigungssumme. Als diese bewilligt wurde, fasste ich sofort den Entschluss, eine offene Badekur zu beantragen. Ich entschied mich für Bad Pyrmont und wollte dort in einem Hotel wohnen. Damals dachte ich, es müsse kein Fünf-Sterne-Hotel sein, denn nur zum Schlafen würde mir auch ein billiges Hotel reichen. Falsch gedacht! Das Hotel entpuppte sich als eine einzige Bruchbude, und ich hatte es für vier Wochen gebucht! Die Anwendungen übernahm die Krankenkasse, und pro Tag erhielt ich ein Tagesgeld. Doch als ich auf dem Bahnhof in Bad Pyrmont stand, spürte ich einen stechenden Schmerz im linken Knöchelbereich. Ich dachte mir nichts weiter dabei, denn diesen Schmerz kannte ich schon als junge Frau. Früher legte ich dann für einige Tage einen elastischen Verband an und die Schmerzen verschwanden wieder. Aber diesmal wurde der Schmerz nach Tagen immer schlimmer und blieb sogar nachts. Der Kurarzt sagte, dass es eine Achillessehnenentzündung sei und mehrere Wochen oder gar Monate dauern könne. Sofort kaufte ich mir eine Salbe und Tabs zum Kühlen. Die ganzen drei, vier Wochen in Bad Pyrmont war ich sehr wenig unterwegs. Die Schmerzen waren nach gut fünf Minuten nur schwer auszuhalten. Gut, dass überall auf nur wenigen Metern verteilt eine Sitzbank zur Verfügung stand. Da ich wenig laufen konnte, kaufte ich mir eine Theaterkarte und war im Theater nur wenig überrascht, dass ich mich wohlfühlte. Nun saß ich also ohne Begleitung im Theater, und ich war mächtig stolz auf mich, den Mut entwickelt zu haben, allein und unabhängig dieses und jenes zu unternehmen. Aus der Kur entlassen, hatte ich noch viele Wochen mit der Entzündung zu tun. Einmal schaute ich im Internet nach, wie lange ich noch Geduld haben müsste, und da konnte ich lesen, dass eine Achillessehnenentzündung bis an die sechs Monate dauern konnte. Ich war fassungslos.

Doch als die Schmerzen kurz vor dem sechsten Monat weniger wurden und dann tatsächlich - fast auf den Tag genau – ganz weg waren, dachte ich, dass das etwas mit Zauberei zu tun hätte.

Die "Hase" in Bramsche

Nun konnte ich wieder an der Hase - einem Fluss in Bramsche - mit den Stöcken laufen, und das ohne Schmerzen! Doch eines Tages - beim Nordic Walking - schoss ein heftiger Schmerz in das rechte Knie. Mit Müh' und Not erreichte ich meine Wohnung. Nach der Untersuchung bekam ich die Diagnose: Meniskusriss und die Verordnung einer notwendigen OP! Danach sei erst einmal Ruhe angesagt, und das Gehen nur mit Krücken möglich. Von meiner zuständigen Krankenkasse wurde mir für diesen Zeitraum eine Haushaltshilfe bewilligt. Zu dieser Zeit übernahmen andere ehrenamtliche Kollegen des "Eine-Welt-Ladens" meinen Dienst. Doch kaum konnte ich wieder etwas laufen, trat ich meine Dienste im Kino und im Weltladen wieder regelmäßig an.

Der Kontakt zu Wolfgang wurde zu diesem Zeitpunkt immer weniger. Ich konnte übers Internet seine Bemühungen mitlesen, eine Partnerin zu finden. Das schmerzte sehr, doch ich konnte es nicht aufhalten. Der Kontakt bestand nur noch über Mail-Nachrichten. Er sperrte meine Telefonnummer und hielt diese Sperre an die zwei Jahre aufrecht. In den Mail-Nachrichten bauten sich immer wieder etliche Missverständnisse auf, die er mit tagelangem Aussitzen ignorierte. Von Woche zu Woche merkte ich immer mehr, dass er nicht der richtige Partner für mich gewesen <u>wäre</u>. Aber ich vermisste ihn und wäre gern seine Gefährtin geblieben. Doch selbst, wenn er gewollt hätte, seine Familie lehnte mich ab. Da er in seinem Elternhaus mietfrei wohnte, musste er sich wohl fügen. Oder seine Liebe zu mir war nicht stark genug, mal bei seinen Eltern auf dem Tisch zu hauen. Dieses Aussitzen und Ignorieren hatte er sich von seiner Familie abgeschaut. Nun ja, er war seiner Mutters Sohn. Beide ähnelten sich sehr in ihren Ansichten. Beide sind boshaft und betreiben Mobbing. Mir schoss oft der Gedanke durch den Kopf: Hochherrschaftliches Getue......! Sie hatten allesamt eine große Klappe und glaubten wohl von sich selbst, etwas Besseres zu sein.

Unsere Beziehung habe ich in Gedanken immer als ein Gummiband gesehen. Oft fragte ich mich: was ist das Freundschaft?, Freundschaft+?, Beziehung?, eine Partnerschaft auf keinen Fall! Mit seiner Mutter hatte er ein enges Verhältnis. Wolfgang schloss sich zur Nacht in sein Zimmer ein selbst wenn ich dort übernachtete. Schon immer hat er sich eingeschlossen, schon als Kind, und er sagte, dass es etwas mit seiner Mutter zu tun hat. Anhand dieser Bemerkung beobachtete ich beide und stellte so manche Situation in Frage. Seine Mutter hatte zu Wolfgang eine Beziehung wie zu einem Ehemann. Sie flirtete mit den Augen, und zur Körpernähe hielt sie keine Distanz. Oft habe ich gedacht, ... er hat mit mir eine Affäre, um die Mutter eifersüchtig zu machen. Bei einer Familienfeier flirtete die Mutter mit dem jüngeren Bruder von Wolfgang und schaute dabei immer wieder kokett zu Wolfgang. Für mich war dieses provozierende Verhalten von ihr abstoßend, und Wolfgang nahm einen Gesichtsausdruck an, der mir zeigte, es ist ihm peinlich.

Später gab es noch einen weiteren Vorfall: Das Badezimmer wurde von keinem Bewohner des Hauses von innen verriegelt. Einmal konnte ich beobachten, wie die Mutter bei offener Tür und unbekleidet sich wusch. Es folgte ein Ruf nach Wolfgang, und er wurde zu einem Gespräch ins Bad gebeten. Es ging um die Einkaufsliste des kommenden Tages. Es gab noch weitere Situationen, wo ich mir mein Teil dachte und wo es mich schüttelte. Jetzt rückblickend bin ich froh, dass es kein "weiter" mit Wolfgang gab.

Ich war nun schon einige Jahre allein in Bramsche und hatte gelernt, mit dem Zug weite Strecken zu fahren , mich in eine Gaststätte zu setzen, Theatervorführungen zu besuchen, eine Kur für mich zu organisieren, Ehrenämter zu bekleiden und vieles mehr. Kurz gesagt: Ich wurde unabhängig in meinem Handeln und Tun. Irgendwann bemerkte ich bei einer Dombesichtigung in Osnabrück, dass es auch noch andere Freizeitaktivitäten zu erarbeiten und auszuführen gab. Früher fuhr ich oft mit meinem Mann zusammen von Osnabrück aus mit dem Bus zu verschiedenen Ortschaften, oder wir fuhren mit einer Reisebus-Gesellschaft in andere Städte, um dort verschiedene Musicals und ähnliches mehr zu besuchen. Da ich nun jetzt allein war und auch zu anderen kulturellen Veranstaltungen wollte, machte ich mich mit Tagesausflügen zu solchen Angeboten vertraut. Ich fand eine Busgesellschaft, die auch in Bramsche einen Sammeltreffpunkt für teilnehmende Gäste anbot.

Bei einer "Fahrt ins Blaue" (Titel der Reisebusgesellschaft) erlebte ich den Frühling sehr intensiv. Der Bus fuhr nicht die Autobahn entlang, und mein Blick blieb wie ein Magnet an der Natur hängen, die am Busfenster vorbeihuschte. Ich habe so Vieles und Schönes gesehen, dass nur ein Schriftsteller das in Worte fassen kann. Hier ist mein Wortschatz begrenzt. Ich habe noch nie in meinem Leben den Frühling so gesehen und erlebt. Das zarte Grün der Laubbäume hat mich angezogen, und als wir am Wald vorbei oder die Alleen entlang gefahren sind, war ich vom Grün hin- und weg. Natürlich habe ich in meinem Leben einzelne Bäume im Frühling gesehen, aber diese Vielfältigkeit hat mich sehr fasziniert und fast erschlagen. Auch die gelben Felder oder das zarte Grün der bestellten Felder: einfach toll, die blühenden Sträucher oder Obstbäume in den Vorgärten für mich eine Augenweide. Den Frühling so kompakt zu erleben, war für mich ein völlig neues Gefühl der Freude.

So fuhr ich über Jahre hinweg und werde es auch weiter tun, bestimmt einmal im Monat zu Musicals und anderen kulturellen Veranstaltungen oder zu historischen Orten in anderen Städten Niedersachsens oder zu Schloss- oder Dombesichtigungen. Oft war bei diesen Tagesfahrten eine kleine Stadtführung im Preis mit inbegriffen. Zu meinem 65. Geburtstag wollte ich mir etwas ganz Besonderes gönnen, indem ich mir eine Zugfahrkarte nach Köln kaufte, und dann saß ich zu meinem Geburtstag im Dom und fühlte mich sehr glücklich und stolz. Hier reifte auch der Gedanke heran, dass dies nicht die erste und auch nicht die letzte Fahrt zu verschiedenen Städten gewesen sein sollte! Ich erklärte es zu meinem Ziel, in den verschiedenen Städten dann immer den Dom oder die dort bekannteste Kirche zu besuchen. So setzte ich mich wieder einmal an den PC und schaute mir die Zugverbindungen nach Magdeburg, die Zeiten der dortigen Domführung sowie die Gehminuten zu anderen historischen Orten gezielt an. Da ich das JWH „August Bebel" in Burg bei Magdeburg wiedersehen wollte, wäre eine Tagestour zu knapp gewesen. Das machte also eine Übernachtung notwendig. Wie sagte doch mal ein Schriftsteller? „Wenn einer eine Reise tut, dann kann er was erzählen!" (Matthias Claudius, dt. Dichter,   1740 bis1815). Und so begann das Abenteuer Magdeburg: drei Wochen vor Reisebeginn vom vierten bis sechsten Juni 2018. Vor Jahren, bei meinem Besuch in Köln zu meinem Geburtstag, konnte ich die Züge so belegen, dass alles an einem Tag ablief. Bei einem Besuch Magdeburgs war das nicht möglich, weil es mit einem dreimaligen und sehr zeitaufwendigen Umsteigen verbunden gewesen wäre. Nun, den Dom in Magdeburg und das Haus von Hundertwasser wollte ich schon immer einmal sehen. Daher dachte ich mir, „was soll's?! Tu es jetzt, wer weiß, was in ein paar Monaten ist!" Zuvor nahm ich Kontakt zur Touristenstelle in Burg auf und … musste Geduld üben. Ein Mitarbeiter der Touristenstelle in Burg war so nett, sich für mich über das ehemalige JWH „August Bebel" zu erkundigen. Er hatte am Telefon auch gesagt, es sei immer noch ein Heim. Das Heim gab es schon seit 1933, und um nicht unaufgefordert dort reinzuplatzen, erhoffte ich mir die Daten eines Ansprechpartners mit Namen und Telefonnummer. Eines Tages hatte ich dann mit dem Werkhof telefonieren können und konnte nun eine Reise nach Magdeburg organisieren Bei Fernreisen ist es möglich – laut Internet - eine Übernachtung gleich mit zu buchen. Beide Buchungen zusammen als Paket sind dann etwas günstiger. Als ich am Schalter der Reiseinformation in Osnabrück ungefähr um 17:45 Uhr stand und mein Anliegen vortrug, bekam ich zur Begrüßung an den Kopf geworfen: „Und da kommen sie zehn Minuten vor Feierabend?!" Wer hätte das gedacht, wie sich die Bahn rückwärts entwickelt. Vor Jahrzehnten waren die Schalter 24 Stunden am Tag geöffnet! Leider traute ich es mir nicht zu, online ein Hotel zu buchen und mir über den Automaten eine Fernreisefahrkarte mit Hotel zu kaufen. So war ich auf die Hilfe des Bahnangestellten angewiesen. Doch der hatte mit mir alten Frau Mitleid und fing an, sich meine Angaben anzuhören, und ich überreichte ihm dazu meinen Notizzettel. Ich war gut vorbereitet, welcher Zug für die Hin- und Rückfahrt und welches Hotel infrage kommen sollte. Das geeignete Hotel war gleich am Bahnhof gelegen, und Frühstück gab es dort auch. Ich liebe Frühstück! Kostete zwar zehn Euro, aber egal, hatte ich doch schon mit der Kombinationsbuchung einiges an Geld eingespart. Noch am selben Tag rief ich bei der Touristeninformation in Magdeburg an und bat um die Zusendung von Prospekten über den Dom. Diese kamen mit der Post und kosteten sechs Euro. Früher hätte man mir die Prospekte unentgeltlich zugesandt, heutzutage musste man bezahlen. Soweit so gut, ein kleiner Stadtplan war auch dabei, und ich konnte sehen, dass der Dom und auch das Hotel vom Hauptbahnhof aus eine Fußstrecke von zehn bis vierzehn Minuten weit entfernt lagen. Super – so brauchte ich kein Taxi! Die Führungen waren jeden Tag um 14 Uhr. Das wollte ich dann gleich am Anreisetag in Anspruch nehmen, denn schon zur Mittagzeit sollte mein Zug in Magdeburg ankommen. Und das war dann meine Fahrt nach Magdeburg: Der Anreisetag begann gleich mit einem großen Hindernis. Ich stand auf dem Bahnhof Bramsche vorsorglich eine Stunde, bevor ich meinen Anschlusszug in Osnabrück erreichen musste. Plötzlich erfolgte eine Durchsage, dass erst in zirka fünfunddreißig Minuten mit einem Zug nach Osnabrück zu rechnen war. Käme nach fünfunddreißig Minuten wirklich ein Zug, so würde ich den Anschlusszug schaffen, wenn nicht ... okay, ich ließ mich zu keinem Risiko hinreißen und entschied mich für ein Taxi nach Osnabrück. Dreißig Minuten später stand ich vor dem Bahnhof in Osnabrück und war um fünfunddreißig Euro ärmer. Egal! Ist nur Geld, dachte ich bei mir. Im Zug nach Hannover atmete ich tief durch, und die Vorfreude erlangte wieder Oberhand. Übrigens, einen Sitzplatz in den Fernzügen zu erlangen, ist Abenteuer pur. Einzelne Wagen sind reserviert für die Bahncardkunden. Ich fand endlich einen Platz, und als der Schaffner kam, musste ich wieder aufstehen, weil ich in der Ersten Klasse saß. Schade, hatte mich echt wohlgefühlt ... Nach einer halben Stunde ungefähr kam ein Kellner und bot mir einen Kaffee an. Er brachte ihn mir, und ich hatte nur noch zwanzig Minuten Zeit, diese Brühe zu trinken. Der Kaffee kostete 2,50 €, schmeckte mir nicht und war viel zu heiß. Als die ersten Schweißtropfen auf meiner Stirn herunter liefen und es unter meinen Achseln nass wurde, bereute ich die Bestellung. Da es mittlerweile Mittagzeit war und außerhalb des Zuges dreißig Grad herrschten, fielen meine Schwitzattacken wenig auf. Im Zug von Hannover nach Magdeburg erholte ich mich von meinen Anreiseerlebnissen. Die Umhängetasche im Hotel „Intercity Magdeburg" abgegeben und schnurstracks zum Dom. Nur wenige Gehminuten entfernt, und ich stand ich vor dem Objekt „Dom von Magdeburg" und hatte zuvor das Haus von Hundertwasser bestaunt, mit seinen schiefen Fenstern und Wänden.

Einzigartig, grandios und überwältigend, so war mein erster Eindruck vom Dom. Das Hotel war sehr sauber, gepflegt und selbst bei geöffneten Fenstern leise. In beiden Städten, Magdeburg und Burg, sind mir die Sauberkeit und die gepflegten Straßenstreifen stark aufgefallen. Die Blumen werden wohl zu den jeweiligen Jahreszeiten immer wieder gewechselt. Im Moment waren viele Stiefmütterchen zu sehen, die trotz der Trockenheit in voller Blüte erstrahlten. Oder war es für mich ein spezieller Willkommensgruß? … Dann ist mir aufgefallen, dass der Magdeburger Hauptbahnhof vor Leben nur so sprühte. Im Vergleich sind der Bremer oder Osnabrücker Bahnhof langweilig. Magdeburg war eher mit dem Hamburger Bahnhof zu vergleichen. Der Dom ist die am frühesten fertiggestellte Kathedrale der Gotik auf deutschem Boden. Er wurde ab 1207 als Kathedrale des Erzbistums Magdeburg gebaut und im Jahr 1363 geweiht. Der Dom ist Grabkirche Ottos des Großen (Otto I.), erster Kaiser des Heiligen Römischen Reiches und zusammen mit Otto von Guericke Namenspatron der „Ottostadt Magdeburg". (aus Wikipedia) Ich habe am Grab Ottos des Großen und an dem seiner ersten Frau Edith gestanden. Es war zu damaligen Zeiten eine Liebesheirat. Otto der Große hat ein bescheidenes Grab, dafür ist das Grab seiner Frau umso reichhaltiger geschmückt. Sie liegen nicht nebeneinander, aber in einer Linie, und sind sich so mittig nah. Zu ihrer Hochzeit schenkte Otto I. seiner zukünftigen Frau Edith die Stadt Magdeburg, damit sie versorgt sei im Falle seines Todes in der Schlacht. Sie hat viel dazu beigetragen, dass die Stadt Magdeburg erblühen konnte. Ich habe, wie geplant, am ersten Tag meiner Ankunft an der Führung um 14.00 Uhr teilgenommen, und diese Führung war gut. Nicht dieses übliche Herunterleiern von Jahreszahlen, die ein jeder in zwei Tagen ganz bestimmt vergessen hat. Geleitet wurde die Führung von einem Mann, und er führte die kleine Gruppe auch zu den klugen und törichten Jungfrauen. Er verwies uns auf die Gesichter der klugen Jungfrauen, und ich bemerkte, dass jede Jungfrau anders lächelte. Zu sehen sind insgesamt zwei mal fünf Jungfrauen.

Im Extra Raum des Doms ist im Boden eine Gedenktafel eingelassen, in der der damaligen Judenverfolgung gedacht wird. Bewusst hat man die Gedenktafel in der Nähe vom Paradiesportal angebracht.

Paradiesportal im Dom von Magdeburg

In diesem Raum gibt es nicht nur die zehn Jungfrauen sondern gegenüber eine Figur mit einer Augenbinde - verschmähte Schwester Synagoge, vergib uns unsere todbringende Blindheit' - und so weiter sowie eine Sandsteinfigur mit einer Krone auf dem Haupt.

Dann habe ich das Holzmahnmal von Ernst Barlach bewundert. Das Mahnmal zeigt zwei mal drei Personen, die aus drei großen geleimten Eichenblöcken geformt sind. Mittig ein Kreuz mit den Jahreszahlen 1914–1918.

Barlach selbst charakterisierte die Halbfiguren im unteren Bereich als Not, Tod und Verzweiflung, die dahinter stehenden Figuren symbolisieren den Kriegserfahrenen, den Wissenden und den Naiven. (Aus Wikipedia) Die unteren Halbfiguren haben mich magisch angezogen, und ich habe gut verstanden, was der Bildhauer uns mit diesen Figuren sagen wollte.

<u>Teil 7</u>

Burg bei Magdeburg Mit dem Taxi fuhr ich vom Bahnhof Burg zum Heim. Als ich die kleinen Einfamilienhäuser sah, wusste ich, dass ich in Burg war. Die Fassaden hatten alle einen gepflegten Anstrich. Mir fällt noch ein, dass Magdeburg und Burg keine Graffitischmierereien hatten. Ich sah keine einzige. Ich fragte den Taxifahrer, ob meine Beobachtungen richtig seien, und er bestätigte es auch. Er meinte, dass die jungen Leute fast alle arbeiten gingen und dafür keine Zeit hätten. Die Freizeit werde für anderes genutzt! Bei meinem ersten Blick aus dem Auto auf der Einfahrt des Heimes überkam mich ein freudiges Gefühl, so, als wenn ich einen verlorenen Freund wiedergesehen hätte. Die einzige schlechte Erinnerung, die mir geblieben war, war die, dass ich damals unter sehr großem Heimweh litt, Angst davor hatte (heute nicht mehr!), meine Familie nicht wiederzusehen und dass das Wegschließen mich seinerzeit fast zugrunde gerichtet hatte. Wenn wir damals das Haus betraten, das wir bewohnten, wurde immer hinter uns abgeschlossen. Ich weiß noch, ein Erzieher - sein Name war Herr Kröger, und heute ist er bestimmt schon tot, da er damals schon so kurz vor sechzig stand - hatte immer die Schlüssel in der Hand und klapperte ständig mit dem Schlüsselbund herum; noch viele Jahre danach konnte ich es nicht ertragen, dieses Geräusch zu hören. Im Großen und Ganzen war der Heimaufenthalt - so wie ich ihn damals empfand - nicht allzu schlecht. Nur, was der Heimaufenthalt für uns Jugendliche bezwecken sollte, ist mir noch heute ein Rätsel. Wir erhielten eine Qualifikation in den jeweiligen Berufsgruppen, waren nicht isoliert (wie im Knast), und die Schulbildung wurde ergänzt.

Nun war es im Mai 2018, dass ich dieses Heim, das angelegt war wie ein kleines Dorf, wiedersah, und als Erstes suchte ich das Schwimmbad auf, in dem wir oft Wettkämpfe absolviert und an heißen Sommertagen am Beckenrand (unter Aufsicht) herumgelümmelt hatten.

Doch jetzt gab es dieses Schwimmbecken nicht mehr; nur noch eine große Lücke, umrahmt von vielen alten Bäumen, ließ vermuten, wo es sich einmal befunden hatte. Zurück zur Eingangsstraße und zur Heimanlage. Über Stunden habe ich dann das Gelände abgesucht, um eine Bestätigung meiner Erinnerungen zu finden. Sofort konnte ich dieses und jenes Haus wiedererkennen. Meine Kamera war immer bereit. Dann meldete ich mich bei einem entsprechenden Ansprechpartner für eine Führung an. Die Häuser, die mir wichtig waren, auch von innen zu sehen, wurden dann aufgeschlossen: der Speisesaal, mein Haus und die Nähstube. Diese Häuser konnten nicht mehr benutzt werden. In restaurierten Häusern, in denen damals die Jungen untergebracht gewesen waren, lebten heute andere Jugendliche. Auf meine Frage hin, warum sie denn hier lebten, erhielt ich die Antwort, dass sie zu Hause nicht mehr wohnen könnten. Ich konnte damals zu Hause wohnen und landete trotzdem im Heim! Aber ich habe im Heim viel gelernt, und mir wurde eine berufliche Zukunft aufgezeigt, und heute bin ich im Grunde genommen dankbar dafür, dass es so gelaufen ist. Schlimm für mich war die Tatsache, dass dieser Heimaufenthalt (und das auch noch in einem JWH) in der Bevölkerung als eine große Schande angesehen wurde, vergleichbar mit Frauen in den 50er oder 60er Jahren, die eines Verbrechens angeklagt und verurteilt wurden sowie im Knast landeten, meistens Frauen mit einem Tattoo auf der Brust, die zuvor mindestens schon einmal im Knast und davor im Werkhof untergebracht gewesen waren ... In meinen beruflichen Bewerbungen tauchte in meinem Lebenslauf nie der Aufenthalt im JWH auf. Wer dort einmal lebte, wurde nur mit Verachtung gestraft, bekam keine gute Arbeit und so weiter ... Meine Lippen waren und blieben darüber für immer verschlossen! Selbst während meiner Therapien in Osnabrück und auch Bramsche habe ich mich diesbezüglich nie geöffnet. Keiner sollte etwas davon erfahren, denn es war - und ist es immer noch - eine Schande für mich, dass ich dort war. Keinem meiner Freunde oder Kollegen - nicht mal meinem Ehemann – habe ich von diesem Werkhof erzählt. Dass ich dort war, ist und bleibt für mich eine Schande. Noch heute trage ich diese Schande wie einen Klotz am Bein mit mir herum. Es war eine Schande, und das empfand ich immer als ein großes Unrecht. Ich habe dazu kein anderes Wort - mir wurde Unrecht angetan! Erst im Jahr 2019, in meiner dritten Therapie, öffnete sich mein Mund, und ich bekannte mich zu dieser Schande. Es dauerte zweiundfünfzig Jahre, dass ich mich zum Aufenthalt im JWH bekannte und dann einen Antrag auf Entschädigung stellte. Ab diesem Zeitpunkt reifte auch der Plan in mir, ein Buch darüber zu schreiben, über den Werkhof und alles, was ich dabei so als Rucksack mit mir herumschleppe. Mein Besuch der Heimanlage im Mai 2018 sollte für mich ein Abschied für immer sein.

Ein weiteres Hobby ist seit meiner Kindheit die Musik, Rock bis Klassik. Spiele ich an meinen PC Skat, so dudelt immer im Hintergrund Musik. Skat spiele ich seit meinem 12. oder 13.Lebensjahr, noch mit meiner Oma mütterlichenseits, Johanna Reinsberg, die immer schummelte, mit meiner Mutter und mit meiner Schwester Erika. Meine Schwester Karin konnte schwer verlieren und wollte eines Tages keine Gesellschaftsspiele mehr spielen. Ich erinnere mich, dass sie einmal das komplette Spiel "Mensch ärgere dich nicht" durch die Stube schmiss. Das Schachspiel beherrschten meine Oma Johanna und meine Schwester Erika. Es war schon Tradition immer Sonntag nachdem Mittagessen zwei Partien zu spielen. Ich war im Schulalter und schaute ihnen oft zu. So konnte ich mir immer mehr Kenntnisse über dieses Spiel aneignen.

Da ich zu diesem Zeitpunkt mein Berufsleben beendet hatte und hier in Bramsche ohne Familie oder enge Freunde/innen lebte, fragte ich mich „und nun?" Was sollte ich den lieben langen Tag anstellen? Das Ehrenamt bei den Wohnungslosen Bürgern hatte ich beendet und auch meinen Kleingarten gekündigt. Somit ging mein Augenmerk in die Richtungen einer Rolle als Ersatzoma oder des Engagements in einem Verein oder im Ehrenamt. Durch Zufall entdeckte ich eine Anzeige in der Zeitung. Darin wurden Singles aufgefordert, sich für gemeinsame Aktivitäten in einer Single Gruppe zu melden. Ok, dachte ich, mal schauen, was das ist. Für Unternehmungen bin ich immer zu begeistern. Ich meldete mich und lernte Margot kennen. Irgendwie und irgendwann kamen wir ins Gespräch und ich erzählte, dass ich mit meiner „Liebe" Wolfgang öfter ein Gesellschaftsspiel spielte. Sie wollte sich anschließen und so spielten wir einmal die Woche zu dritt das Spiel „Die Siedler von Catan". Während dieser Zeit zeigte Margot einen starken Hang zu gewinnen. Sie wollte immer die Siegerin sein und meckerte um sich herum, wenn es nicht so lief, wie es ihr gepasst hätte.

Margot interessierte sich einfach nicht für meine Sorgen. Und so baute ich nach und nach eine Distanz zu Margot auf. Mir gefiel ihr egoistisches Verhalten nicht, und ihre Sucht, immer zu gewinnen, ging mir zusehends auf die Nerven. Auch in Gesprächen ging es immer nur um ihre Belange, mein Liebeskummer war für sie nicht interessant. Dabei meinte ich doch zu leiden wie ein Hund. Irgendwann spielten wir dann überhaupt nicht mehr miteinander. Zu der Singlegruppe war schon lange der Kontakt abgebrochen, die Nachmittage des Spielens mit Margot waren auch zu Ende. Wir hatten an die drei Jahre nichts mehr miteinander zu tun. Kein Kontakt! Eines Tages erfuhr ich über Dritte, dass Margot unter Verdacht steht, eine tödliche Krankheit in sich zu tragen. Daraufhin suchte ich den Kontakt zu ihr. Als das endgültige Ergebnis der Diagnose fest stand, machte ich mir Gedanken, wie ich sie trösten könnte. Mit einem Blumen-Geschenk und einer beiliegende Karte wünschte ich ihr alles Gute und versäumte auch nicht zu schreiben, dass ich traurig bin. Meine Worte taten ihr gut, ich denke, sie war angenehm überrascht. Sie fragte, ob wir nicht wieder spielen könnten. Das Spielen lenke sie sehr ab, ich willigte ein, und so spielen wir nun schon einige Monate wieder regelmäßig, einmal bis zweimal die Woche. Ich verliere oft, aber das macht mir nichts mehr, weil ich weiß, sie gewinnt gern.

Beim Spielen versuche ich immer, ihr ein Lächeln abzuringen, wenn ich mich als ein Dummerchen darstelle. Sie bemerkt bis jetzt meine Taktik nicht, und das ist gut so. Obwohl schon öfter eine Bemerkung von ihr fiel, dass ich zu gutmütig bin. Aber so bin ich nun mal. Der Mensch ist wie eine Medaille, es gibt eine gute und eine schlechte Seite. Sie hat ihre gute und ich habe meine gute Seite. Über die schlechte Seite reden wir jetzt nicht. Mit ihrer Diagnose hat sich Margot positiv verändert. Sollte sie eines Tages die Augen für immer schließen, wird sie mir fehlen. Dann werde ich mich an ihr Gesicht erinnern, das gezeichnet ist von dem Leid ihrer Krankheit. Und an ihr Lächeln. Ich bin zufrieden mit meiner Aufgabe, ihr den letzen Weg so gut, wie es in meinen Kräften steht, zu erleichtern. Soweit mir bekannt ist, wurde ihr Leben von Leid begleitet, und wenn sie für immer schläft, kommt bestimmt Frieden in ihre Seele. Ich wünsche ihr, solange es noch geht, alles erdenkliche Gute.

Wie lebe ich heute? Im Grunde genommen gut und mit einem Gefühl der Zufriedenheit.

Gisela im Jahr Sommer 2008

Heute lebe ich allein und lebe gern allein. Ich kann mir keine/n Freund/in oder einen intensiven Kontakt zu den Stiefkinder oder

Francesco an meiner Seite vorstellen. Über Jahre habe ich versucht, einen Gefährten/Partner zu finden. Es war mir nicht möglich. Von Jahr zu Jahr finde ich mich mit diesem Zustand des Alleinseins ab und fühle mich damit immer wohler. Mit keiner meiner Männerbekanntschaften war es für mich leicht zu leben. Der eine hatte dieses Problem, der andere ein anderes Problem. Das Einzige, was ich sehr bedaure; ist die Tatsache, ohne Familie zu leben. Zu tief haben mich all die Enttäuschungen von Familie, Männer, Kinder, Francesco und Freundinnen verletzt.

Francesco am Hochzeitstag

Selbst Francesco, der mich immer wieder "Mami" nannte, hat sich von mir abgewendet. Ich bin ihm nicht allzu böse, hat er doch mit Haus, Ehefrau und drei Kindern genug zu tun. Ich wurde erst Tage später von der erfolgten Hochzeit über Bilder vom Smartphone informiert. Die Schwiegereltern waren dabei, ich nicht, das tat mir sehr weh. Es folgten so manche schlaflose Nacht und so manche Träne.

In meiner jetzigen dritten Therapie habe ich das Glück, dass meine Fragen erarbeitet und beantwortet werden. In einer der ersten Therapie-Stunden 2019/2020 habe ich zur Therapeutin gesagt; Ich kann es nicht ändern, was in meinem Leben passiert ist, aber ich möchte es verstehen.

Meine jetzigen Freizeitaktivitäten habe ich nach meinen Bedürfnissen und Interessen aufgebaut. Ich persönlich finde meine Aktivitäten sehr abwechslungsreich. Ich habe insgesamt drei Ehrenämter übernommen: im "Eine-WeltLaden", im Verkauf des Kinos "Universum" (Thekendienst) und in einem Seniorenheim, bei dem ich einmal in der Woche am Nachmittag ein Angebot unterbreite. Ich nehme weiterhin regelmäßig an Tagesfahrten zu verschiedenen Musicals oder anderen kulturellen Veranstaltungen mit einer Busreisegesellschaft teil und unternehme nach wie vor Zugfahrten in die umliegenden Städte, Osnabrück, Münster, Bielefeld, Braunschweig, Minden, Bad Bentheim, Magdeburg, Bremen usw. um mir die historischen Orte sowie deren Schlösser, Burgen und Dome anzuschauen.

Dass ich mir historische Orte anschaue, hatte mit dem Besuch des Berliner Doms zu tun, den ich bei einem Drei-Tage-Besuch in Berlin 2010 erlebte. Ich kannte den Dom immer als eine Ruine, nun konnte ich das schöne Bauwerk in vollem Glanz erleben, und es verschlug mir die Sprache. Später kamen die o.g. Dome aus verschiedenen Städten dazu.

In Bielefeld war ich auf der Burg und hatte zuvor folgendes Erlebnis. (Dazu fällt mir etwas ein ... Es gibt Menschen, die gehen über die Straße und haben nicht's gesehen. Andere gehen über dieselbe Straße und könnten einen Roman darüber schreiben.) Bielefeld: Was für ein erlebnisreicher Tag, ein super Tag mit angenehmen Temperaturen und Sonnenschein. Kaum war ich in den Zug eingestiegen, schien die Sonne ins Abteil. Während der Fahrt betrachtete ich die grünen Bäume und ertappte mich dabei zu träumen. Zu gern würde ich an diesem schönen Tag Pilze suchen und die Ruhe im Wald gleichzeitig genießen. In Bielefeld angekommen, habe ich mich in eine Taxe gesetzt, um mein Ziel, die "Neustädter Marienkirche", zu erreichen. Der Taxifahrer, ein südländischer Typ, ungefähr 55 Jahre alt, kannte diese Kirche überhaupt nicht. Ich zeigte ihm die gekauften Postkarten mit der Ansicht der Kirche, und selbst da war ihm die Kirche unbekannt. Ich war sprachlos und dachte blitzartig, dass ich in einer falschen Stadt wäre. Er rief die Zentrale an, und auch von dort kamen komische Anweisungen. Als ich ihm dann meinen Notizzettel mit dem Straßennamen vorlas, klingelte es bei ihm. Er setze mich in einer Nebenstraße ab. Die Kirche mit ihren Türmen war nicht zu übersehen, und ich erreichte mein Ziel schnell.

Die Neustädter Marienkirche ist mächtig und hat auf mich einen starken Eindruck gemacht. Diese Kirche dient seit 700 Jahren als Pfarrkirche der Bielefelder Neustadt. Nachzulesen in einem Flyer, der kostenlos auslag. Ihre Bauform hat etwas damit zu tun, dass sie im Jahre 1293 ursprünglich von den Grafen von Ravensberg als Stift gegründet wurde. An der Kirche hat mir die Höhe der teilweise mit Butzenscheiben versehenen Fenster von ungefähr 15 Meter imponiert.

Anschließend ging ich in Richtung Sparrenburg. Ihr heutiges Aussehen geht im Wesentlichen auf das 16. und 19. Jahrhundert zurück.(Wikipedia) Von Weitem konnte ich den Turm sehen. Der Anstieg war für mich sehr beschwerlich, und ich kam an meine Grenzen. Das heißt, mir ging öfter die Puste aus, und ich musste mich ans Geländer stützen. Es war ein schöner Weg da, an dessen Rand Bäume und Sträucher standen. An der Burg angekommen, war ich unschlüssig, geh ich rechts oder links an der hohen Mauer vorbei. Ich entschied mich, einen Spaziergänger zu fragen. Da es inzwischen um die Mittagszeit war, gönnte ich mir ein Mittagessen in der Burggaststätte. Anschließend schaute ich mir noch dieses oder jenes an. Am meisten hat mich die Aussicht über die Dächer von Bielefeld imponiert. Dann entschloss ich mich zum Rückweg. Runter zu laufen, hatte ich keine Schwierigkeiten, aber hoch war eine Tortur gewesen.

Ich besuche weiterhin die verschiedenen Theater Osnabrücks oder Theater in anderen Städten, z.B. Münster oder Bremen, und schaue mir dabei überwiegend Stücke an, die mit Musik und Tanz verbunden sind. Aber auch "Der brave Soldat Schwejk ", "Falstaff", "König Lear" usw. werden mir immer in Erinnerung bleiben. Durch mein Ehrenamt im Kino "Universum" in Bramsche sind auch interessante Filme in meiner Erinnerung fest verankert. Ich denke da an ."Ballon" (die Flucht aus Ost-Berlin), "Bohemian Rhapsody" , "Ziemlich beste Freunde", "Joker" und viele mehr. Von meinen Ausflügen und Theaterbesuchen habe ich mir Bücher angelegt, ein Buch mit Postkarten der besuchten Städte und ein Buch mit den verschiedenen Eintrittskarten der Theater-Aufführungen. Das Abenteuer, mit einem Zug in eine jeweilige Stadt zu fahren, habe ich mit einem kleinen Text und meinen persönlichen Eindrücken niedergeschrieben.

Ich genieße die Theateraufführungen, Tanzdarbietungen von Schwanensee oder "Giselle". Aber ich sehe mir auch gern moderne Stücke an, und da fallen mir spontan ein: "Unter einem Himmel" oder "Geister". Einige Frauen aus meinem sozialen Umfeld wollen sich meinen Freizeitaktivitäten anschließen. Das lehne ich rigoros ab, ich erlebe dieses und jenes sehr, sehr gern allein. Zum Beispiel schau ich gern in die vorbei huschende Natur, sei es am Fenster im Zug oder Reisebus.

Seit mir der graue Star auf beiden Augen entfernt wurde, habe ich nach Jahrzehnten das Lesen wiederentdeckt. Ich mache es mir bequem in meinen Fernsehsessel oder auf dem Balkon und genieße die Ruhe, die mich umgibt.

Mein Balkon mit Aussicht in die Natur.

Blick aus dem Wohnzimmer-Fenster

Ein Blick aus meinem Wohnzimmer Fenster in die Natur hinaus trägt weiter dazu bei: ich bin angekommen.